ORGANIZAÇÃO DE

J.C. GRAY

NOTURNO

O LADO OCULTO DA ALMA

lura

Gerente Editorial
Roger Conovalov

Preparação
Aline Assone Conovalov

Diagramação
André Barbosa

Capa
Lura Editorial

Revisão
Alessandro de Paula
Gabriela Peres

Impressão
Viena

DADOS INTERNACIONAIS DE CATALOGAÇÃO NA PUBLICAÇÃO (CIP)
(Câmara Brasileira do Livro, SP, Brasil)

Noturno : antologia / organização de J.C.Gray -- 1. ed. --
São Caetano do Sul, SP : Lura Editorial, 2021.
232 p.

Vários autores
ISBN 978-65-86626-87-2

1. Ficção 2. Ocultismo 3. Terror I. Editorial, Lura.

CDD: 869.108

Índice para catálogo sistemático:
1. Ficção

[2021]
Lura Editorial
Rua Manoel Coelho, 500, sala 710, Centro
09510-111 - São Paulo - SP - Brasil
www.luraeditorial.com.br

ORGANIZAÇÃO DE

J.C.GRAY

NOTURNO

O LADO OCULTO DA ALMA

lura

"A sabedoria é como uma flor, de onde a abelha faz o mel e a aranha faz o veneno. Cada uma de acordo com a sua própria natureza."

PROVÉRBIO CIGANO

SUMÁRIO

NOTURNO

J.C.GRAY

A caravana já vinha andando havia algum tempo, mas ao avistarem as tendas coloridas erguidas em meio aos brinquedos sendo montados, Grayson parou a picape velha que puxava o trailer em um campo próximo.

O cigano desceu do carro sinalizando para os trailers do resto do grupo, que não era muito grande, e fizeram um pequeno acampamento.

A fogueira foi montada e o panelão de ensopado começou a ser preparado pelos mais velhos; as crianças corriam, enquanto o jovem cigano observava o parque ao longe. Não haveria oportunidade melhor. Sentiu o medalhão em seu peito vibrar como se concordasse.

Ele riu, vendo-se rodeado das crianças que brincavam de pique, uma delas o usando como escudo.

— Ei, ei... sem correr!!

— Nossa! — exclamou um dos meninos ao ver o parque que se erguia à frente deles. — Pai! Pai... a gente vai poder ir ao parque??

— Mas é claro que vão. — Ele ergueu o menino, deixando-o observar melhor. — Mas, antes disso, quero ver todo mundo cumprindo suas responsabilidades! Inclusive eu! Aí vão ter dinheiro para ir em todos os brinquedos que quiserem!

Sorriu e os olhos verdes fitavam as crianças, que pareciam animadas com a ideia. Colocou o filho no chão e o afagou na cabeça, mas a criança pareceu um pouco distante.

— É a época do Noturno da Alma, não é?

— É sim, é época de Madame Gris!

— Conta pra gente sobre o medalhão? E da Madame Gris?

As crianças então o rodearam, insistindo tanto, mas tanto, que ele praguejou em romani e se rendeu, caminhando com elas até perto da fogueira do acampamento.

— Tudo bem, eu conto... mas só até o jantar ficar pronto, entendido?

As crianças do grupo se acomodaram formando uma roda. Ele se sentou em um velho tronco caído, e tirou o colar com um grande medalhão do pescoço, mostrando a elas.

O objeto redondo representava uma Lua, com um rosto rechonchudo marcado e, naquele momento, se encontrava quase completamente preto, causando um enorme fascínio nas crianças.

— Essa história aconteceu há quarenta anos, em uma noite de Halloween como a que está por vir, mas bem longe daqui, do outro lado do oceano, durante a Segunda Guerra Mundial.

Iniciou sua história:

Durante muitos séculos, nosso povo, os roma, tem sido perseguidos; povos nômades, culturas diferentes, assustam os outros povos e, durante a segunda guerra, não foi diferente.

Diversos grupos roma foram capturados e feitos prisioneiros, principalmente pelos alemães, mas o que eles não contavam é que Daiena Gris seria aquela que salvaria todos do grupo em que vivia...

Ela corria descalça entre as árvores. No escuro, não era possível ver o caminho à sua frente com precisão, mas precisava correr.

Lágrimas tomavam o seu rosto e ainda ouvia a voz da anciã, que gritou para que ela corresse porque isso seria a salvação deles.

Como poderia ser qualquer tipo de salvação quando abandonou seu filho, além de tudo e todos que conhecia? Idosos, jovens e crianças expostos aos soldados que chegaram atirando? Um povo desarmado, pacífico que se entregou sem qualquer luta, porque contavam com ela.

Uma coisa, porém, Daiena aprendera desde cedo: previsões podiam ter diversas interpretações, mas dificilmente erravam. Se a anciã disse que ela salvaria seu povo, isso ocorreria. Ela só não tinha ainda ideia de como. Principalmente estando perdida naquela floresta escura, presa numa vã esperança de salvação.

Caiu no chão depois de tropeçar em uma raiz. Por sorte não havia torcido o tornozelo. Levantou-se e bateu o excesso de terra da saia longa. Ouviu um som e se escondeu atrás de uma árvore, com os olhos claríssimos fechados, como se isso pudesse fazê-la desaparecer também. Até restar apenas o silêncio.

Arriscou abrir os olhos e olhar à sua volta. Voltou a andar, dessa vez com mais cuidado até encontrar uma parede rochosa. Não parecia uma montanha, mas também não era uma construção. Pensou que talvez encontrasse uma rachadura, uma caverna, ou qualquer lugar onde pudesse se proteger da noite escura.

Andou com a mão apoiada na rocha por um longo tempo, sempre cuidadosa, pensando em seu filho, em seu povo nas mãos dos alemães. Não tinha tempo, mas não tinha sequer ideia do que estava fazendo, ou procurando.

Sentiu um relevo diferente passar por sua mão. Não parecia natural. Não havia luz para que enxergasse direito, então precisou confiar no seu tato. Era redondo, com um rosto esculpido e fazia relevo na rocha como se tivesse sido colocado ali.

Quando se acredita em Destino, nada é visto como coincidência.

Tentou puxar o que parecia ser um medalhão da pedra sem sucesso. Buscou o punhal que levava em seu cinto e, com a ajuda dele, começou aos poucos a conseguir puxar o medalhão.

A terra tremeu sob seus pés e um som alto a fez com que se abaixasse, temendo atrair alguém. À sua frente a rocha se abriu em uma passagem que mal cabia seu corpo, mas que a atraiu como um cupim se atrai à luz.

Espremeu o corpo na passagem por alguns metros até que ela se abrisse em um salão escuro. Nem mesmo a luz da lua chegava naquele lugar.

Sentiu um vento quente vir da frente, um som baixo como um respirar. O som de um farejar e algo vindo em sua direção.

O hálito quente estava cada vez mais perto, como se estivesse espalhado em toda a sua volta. Por reflexo ergueu a mão, não a que portava a adaga, mas a que portava o medalhão, e o que quer que fosse aquela criatura guinchou alto, se afastando. Viu um amontoado de sombras que estavam espalhadas formarem uma forma única à sua frente. Um corte na pedra deixou que um feixe de luar iluminasse um ponto. Talvez se levasse a criatura até ele...

— Fome... — disse a criatura, ainda afastada. — Noturno da Alma tem... fome...

— Todos nós sentimos. A fome não poupa ninguém durante a guerra — respondeu Daiena dando um passo à frente, e mais outro, percebendo que a criatura recuava.

— Guerra? Aqui dentro não há guerra, só há fome... muito, muito tempo de fome...

A criatura finalmente chegou perto do feixe de luar, mas, para sua surpresa, não possuía uma forma. Daiena engoliu em seco.

Destino. Salvar seu povo. Encontrar aquela criatura. Não era coincidência.

Não tivera tempo de se preparar quando fugiu. Havia apenas uma trouxa amarrada em seu cinto com um pouco de pão. Desamarrou o lenço e pegou o pedaço do pão, baixou o medalhão e se aproximou daquele monte de sombras.

— Aqui... coma. Não é muito, mas é o que tenho.

A criatura estranhou, farejou o ar e bufou, como quem não reconhece o cheiro de comida.

— Você não tem comida... e Noturno tem fome...

— O que você come?

— Algo que não cheiro em você...

— Noturno da Alma é seu nome? O que é você?

— Noturno é Noturno. Noturno precisa de almas, almas ruins... por isso tem fome... aqui não tem almas...

— Por que teme o medalhão?

— Medalhão lua prende... e deixa Noturno com fome... — Então era esse o relevo do medalhão, o rosto de uma lua, ela pensou.

— Como posso te tirar daqui?

— Você... tiraria Noturno daqui?

— Meu povo foi levado. Foi levado por gente com almas escuras. Eu te ajudo e você me ajuda. O que me diz?

A criatura sombria pareceu farfalhar perto do pequeno feixe de luar. Talvez pensativa, fazendo algum som que ela nunca tinha ouvido antes.

— Você faria um acordo com Noturno? Ficaria presa a Noturno? — A criatura parecia curiosa. Daiena não tinha mais cheiro de medo.

— Para salvar meu povo e meu filho... qualquer coisa.

— Venha perto de Noturno, moça corajosa. Moça corajosa ficará presa ao medalhão, assim como Noturno. A cada 120 luas, moça corajosa poderá sair, para conseguir almas para Noturno. Até moça corajosa morrer e o próximo descendente prender...

Daiena pausou os passos. Uma coisa era um acordo que a prenderia por 120 ciclos lunares, reiniciando após uma noite. Isso era quase de dez em dez anos. Agora, prender seus descendentes também a esse destino?

Ela não podia pensar muito. Fechou os olhos e se concentrou. Queria um vislumbre do futuro, era tudo de que precisava. Seu povo seria salvo. Seria grato. Seus descendentes aceitariam honrados o legado do medalhão.

— Eu aceito.

Cortou a mão com a adaga e deixou o sangue pingar no medalhão. As sombras da criatura começaram a ser sugadas para dentro dele.

— Quando o medalhão se tornar prata de novo, a fome de Noturno terá acabado. Moça corajosa então ficará presa com Noturno.

E a criatura sumiu. Daiena segurou firme o medalhão nas mãos e correu pela fenda, de volta para a floresta.

Sentia os pés cortados, fome e sede quando encontrou o comboio que levava sua tribo como prisioneira. Andou toda a noite e boa parte do dia até encontrá-los em uma parada para descanso.

Viu seu filho no colo da anciã e chegou a hesitar, mas sabia que o que os esperava nos campos era apenas a morte.

Amarrou nos cabelos o lenço que antes carregava o pão. Colocou o medalhão escondido dentro da blusa.

Aproximou-se de um dos soldados, como se fizesse parte do grupo desde a noite anterior. Não era como se eles se importassem desde que os prisioneiros não faltassem. Um a mais não fazia diferença.

— O senhor gostaria que Madame Gris lesse sua mão? — No primeiro instante, o soldado por reflexo pegou sua arma, mas logo relaxou quando à sua frente só estava a bela moça de olhos verdes estendendo a mão desarmada, oferecendo o que ele acreditava ser charlatanismo.

— Que mal tem, não é? — Estendeu a mão de encontro à dela, que passou o dedo devagar pelas linhas.

— Eu vejo seu futuro… — disse ela, e uma expressão de completo horror tomou a face do homem. Ele via também.

E assim foi com cada soldado do comboio. Sequer um deles havia notado o estado catatônico do anterior até acabar da mesma forma, silencioso, com o olhar perdido, horrorizado com seu próprio passado, presente ou futuro. O medalhão no peito da cigana recuperava aos poucos seu tom de prata a cada nova alma obscura sendo exposta, servindo de alimento ao Noturno, que depois de séculos não se contentou apenas com a parte obscura da alma daqueles homens.

O medalhão, escuro como a lua nova, terminou seu serviço, derrubando até o último soldado alemão, em uma prata limpa e brilhante como a lua cheia.

Para a sorte das pessoas que o alimentam, agora Noturno só toma seu alimento obscuro, mas aqueles soldados… nunca mais foram os mesmos.

Daiena caminhou até a anciã. Palavras eram desnecessárias para a velha senhora. Colocou o medalhão nas mãos de seu filho e o abraçou, antes de desaparecer para só voltar após 120 ciclos lunares, quando seu filho seria o portador do medalhão para que ela alimentasse o Noturno, assim como seu neto um dia o fará.

— E a comida está pronta crianças, chega de enrolar, vão lá comer… — concluiu Grayson enquanto as crianças o olhavam fascinadas com a história.

Colocou novamente o medalhão no pescoço e foi pegar seu próprio prato de ensopado.

Fazia muitos anos que sua família deixara a Europa, mas não o seu legado. Um dia seria ele que teria que efetivamente alimentar o Noturno, mas, por enquanto, só se preocupava em levar o medalhão em segurança.

Madame Gris faria sua mágica.

Noite de Halloween, o parque já começava a encher de gente em meio aos sons, luzes e músicas dos brinquedos.

Grayson encontrou um lugar ideal, e colocou cuidadosamente o medalhão no chão. Em questão de segundos, uma tenda muito similar a todas as outras do parque surgiu no lugar, cortesia dos poderes de Noturno. Permitiu-se então entrar e ver sua mãe, e a abraçou forte.

Porém, não havia tempo para nostalgia.

Noturno estava com fome.

O cigano saiu da tenda e começou seu trabalho:

Aproximem-se! Aproximem-se, senhoras e senhores!

Não é uma noite absurdamente esplêndida?

Os astros, vejam os astros! A posição das estrelas, dos planetas, o que elas dizem sobre você?

Madame Gris sabe tudo!

Você ainda tem dúvidas?

Madame Gris sabe o Passado.

Madame Gris sabe o Presente.

Madame Gris sabe o Futuro!

Não necessariamente nesta mesma ordem, não necessariamente do jeito que vocês esperam, mas acima de tudo: Madame Gris não mente.

Venham, meus amigos, se aproximem da tenda! Deixem que Madame Gris toque o fundo de suas almas...

Mas o pagamento... o pagamento é adiantado.

Grayson estende a mão para quem passa.

Dez dólares podem parecer muito para uma leitura de sorte, mas estão todos se divertindo. O que poderia dar errado?

Alguém colocou uma nota para a mão do homem, que, agradecido, afastou o tecido da entrada da tenda, dando passagem.

Passagem para um encontro que mudaria sua vida.

SOBRE AS CHAMAS DA FOGUEIRA

ALINE LAUXEN

Em qualquer outro dia do ano, os gritos animados das crianças seriam irritantes, mas hoje — e aqui — fazem parte da beleza, junto com os gritos dos mais corajosos a se aventurarem nos brinquedos altos. Não acho que desfiz o sorriso enorme em meu rosto desde o minuto que avistei as luzes coloridas antes de entrar no parque.

— Ai, droga. Desculpa — Carol diz assim que sinto minha blusa se encharcar.

Olho para baixo e vejo que ela havia derrubado sua bebida em mim.

— Falei para não trazer isso e você ainda me dá um banho de vodca? — Finjo estar brava, mas ela sabe que não posso me irritar num dia como esse. Só tem espaço para uma emoção por vez em mim.

Olho em volta procurando uma torneira para tentar arrumar o estrago e vejo um homem com barba por fazer e cabelos longos e bonitos. No momento em que meus olhos pousam sobre ele, os dele se viram para mim, como se eu tivesse chamado seu nome em voz alta. Ele me olha atento por um instante e tenho que impedir meu rosto de desviar da intensidade das orbes esverdeadas.

— Aproximem-se! Aproximem-se, senhoritas! — Ele branda e sua voz se sobrepõe a todos os outros barulhos. — Não é essa uma noite esplêndida para desvendar mistérios de sua alma? Madame Gris pode tirar o véu de seus olhos. Madame Gris sabe de tudo. Passado, presente ou futuro. Não há ordem, não há regra. Apenas que Madame Gris nunca mente.

Não percebi quando parei de andar para ouvi-lo, mas ignorei as tentativas de Carol de puxar minha mão.

— O que você tá fazendo?

Continuo olhando o cigano, que me segura firme sob seu olhar profundo.

— Eu quero ir lá.

— Quer gastar dinheiro com uma charlatã?

Eu me encolho ao ouvir a palavra, mas o cigano sequer parece ter ouvido a ofensa, tão absorto que estava em mim.

— Fica na fila e eu já te encontro — digo baixo como em um transe e me solto dela, caminhando para ele, que abre um sorriso e estende sua mão. Coloco uma nota de dez.

Algo me diz que vai valer a pena.

É escuro dentro da tenda, fumaça saindo da ponta de dezenas de incensos espalhados, mas apesar do que deveria ser uma confusão de odores, sinto apenas cheiro de fumaça de fogueira e algo salgado como lágrimas. Minha nuca se arrepia.

— Jennifer, minha querida. Que bom que aceitou o chamado.

Uma senhora de cabelos grisalhos longos me recebe, braços estendidos e sorriso gentil. Ela segura meus dois ombros em um aperto reconfortante e olho em seus olhos. São de uma cor que jamais vi antes. O verde-claro perolado parecendo ver tudo em mim, mas a íris esbranquiçada mostra que isso é impossível. Parte de mim diz que eu deveria estar desconfiada, mas estranhamente todo o resto confia nela como se a conhecesse.

— Venha, sente-se.

Ela me guia pelo espaço com prática, e me empurra de leve em uma cadeira, dá a volta na mesa redonda com uma toalha vermelha e se senta em minha frente. Na mesa há uma bola de cristal com nuvens cinzas se movendo devagar do lado de dentro, uma pilha de cartas velhas e uma pilha de pedras coloridas.

— Escolha como quer que seja.

Não penso muito antes de escolher.

— Tarô, por favor.

Ela continua sorrindo e pega o baralho. A facilidade com que ela o espalha sobre a mesa, nunca colocando uma carta em cima da outra, me faz questionar por um instante há quanto tempo ela faz isso.

— Escolha quantas quiser.

— Eu não preciso fazer uma pergunta antes? — Franzo a testa.

— Nem você nem eu podemos decidir o que as cartas vão mostrar. Passado, presente ou futuro, elas se mostrarão como deve ser.

Sinto o arrepio novamente, dessa vez descendo por minha espinha fazendo eu me contorcer na cadeira. Estendo minha mão e olho as cartas, não faço ideia de qual escolher, então viro três cartas aleatórias.

— Pronto.

Madame Gris estende a mão e a passa por cima das cartas sem tocá-las.

— A Lua... — ela diz assim que sua mão passa em cima da primeira carta que virei, eu arregalo os meus olhos e olho nos dela. Como ela poderia saber? — Há algo se escondendo sob a superfície escura da água e você olha, mas não a vê. — A pergunta some de minha mente e a encaro, assustada. Ela continua a movimentar sua mão. — A Torre, o que está escondido causará caos.

Sinto meus olhos se abrirem ainda mais, nada disso pode ser bom, não é?

— O Eremita... — diz sobre a última carta. — Não deve confiar em ninguém.

Ela se inclina sobre a mesa e captura minhas mãos nas dela.

— Há perigo em seu caminho como houve em seu passado. Veja!

Olho nos olhos dela e então a branquidão começa a tomar conta de mim, se fechando e fechando até tudo que vejo é nada. E então azul.

Olhos azuis me atravessam.

Carol?

Eu tento dizer, mas as palavras não saem de minha boca. Tento me virar mas não consigo, então me permito observá-la. Ela está diferente, mais velha e seu cabelo em cachos definidos presos em um penteado extravagante e ridículo. Seu vestido vai até o chão e é cheio, tão apertado na cintura que não sei como respira.

— Eles realmente não entendem nada, não é? Como se houvesse razão para justificar tal animosidade — diz Carol, olhando em volta, e meu rosto faz o mesmo sem eu mandar, só então reparo que há muitos outros.

Estamos numa sala elegante, lustre de cristal no teto, piso brilhando. Uma música clássica embalando casais que dançam em sincronia. Todos usando roupas extravagantes e antigas.

— Tolos que não aceitam o futuro — minha voz diz, mas não sei por quê.

Minha mão ergue a taça e toma um gole, meus olhos encontram o vidro rapidamente e vejo meu reflexo. Pareço comigo, mas como Carol, não exatamente igual. E então entendo. Madame Gris está me mostrando um passado que não me lembro de ter vivido.

Eu me rendo aos movimentos de meu eu passado e sinto uma ansiedade difícil de ser contida toda vez que meus olhos espiam a porta. Me sinto nervosa, um contraste à Carol entediada ao meu lado. Se pudesse me controlar, sorriria. Estamos juntas desde outras vidas, como eu sempre soube.

As enormes portas douradas e cheias de adornos se abrem inesperadamente para um grupo de homens usando roupas pretas e chapéus. A música e as danças param com a chegada deles.

Os homens fazem caminho direto para nós. Carol dá um pequeno passo para trás, e ouço sua respiração entrecortada. Reconheço o medo dela. Quero me virar para acalmá-la, mas meu corpo relaxa, o sorriso triunfante que se forma em meus lábios me deixa desconfiada.

— É esta? — Um dos homens questiona, sua voz imponente.

— Sim, cavalheiros. Esta é a bruxa que mancha nossos nomes com suas feitiçarias demoníacas — ouço-me dizer.

Carol olha para meu eu passado com tanto choque quanto eu sinto aqui dentro. Os homens agarram os braços dela e começam a puxá-la para a porta.

— Eu não sou uma bruxa. O que você está fazendo? Nós estamos juntas nisso! — Carol grita, se debatendo contra seus captores.

— Eu fingi ser uma delas para conquistar a confiança — digo, olhando para os convidados. — Ela tem ideias mirabolantes e maldosas, diz querer mudar nossa sociedade como se já não estivéssemos satisfeitos, fala em liberdade e consegue curar doenças com ervas e poções.

Os convidados soltam uma exclamação juntos. Carol é arrastada até a parte de fora da mansão, e todos os seguimos. Lá fora há uma pilastra com dezenas de galhos de madeira embaixo. Não!

Em uma confusão de espectadores animados e incrédulos, as mãos de Carol são amarradas no topo da pilastra e fogo é ateado aos seus pés. Apesar da dor que deve estar sentindo, ela não começa a gritar. Simplesmente olha em meus olhos com um ódio que nunca vi antes nas lindas orbes azuis.

— Vingar-me-ei de você, senhora inescrupulosa. Farei você sofrer o meu fim por todas as suas encarnações, porque amor e ódio transpassam vidas. Nunca mais ei de ser enganada por criatura tal como você. — As palavras de Carol pingam veneno e bradam uma promessa que não deve ser ignorada.

O fogo se espalha rápido e então seus gritos me ensurdecem. Quero fechar meus olhos para não vê-la sofrer, mas continuo assistindo até seus gritos serem pouco a pouco abafados. O branco começa a tomar conta de mim novamente. É isso? Voltei para o presente? Tudo está branco, a cor volta e vejo azul.

Os olhos claros como a água do mar de Carol me olham com uma malícia que reconheço. Já vi esse olhar outras vezes, mas depois de ouvir sua promessa, não mais eles parecem divertidos.

— Vem, estamos quase lá.

Nós estamos numa escada. Nossos vestidos agora são menos volumosos e é mais fácil respirar neles, mesmo na poeira do sótão para onde ela me guia. Carol lidera o caminho até uma janela que dá para uma pequena varanda.

A vista lá em cima é magnífica. Os jardins da mansão se estendem até onde os olhos podem ver em um verde vivo e bem cuidado.

— Fico feliz que tenha recebido alta, não gosto quando levam você para aquele lugar terrível — digo, ainda olhando a paisagem, sem entender minhas próprias palavras.

— Sim, estou curada de minha maldição. Não sinto mais necessidade de ver as coisas queimarem. — Sua voz cai para um sussurro no fim da frase.

Me espanto com sua admissão e quero me virar para olhá-la, mas não mando neste corpo.

— Mas sabe... — Carol continua: — Descobri que gosto de ver pessoas queimarem.

Só então meu corpo se vira, encarando assustada minha companheira, mas já é tarde demais. Sinto líquido ser jogado em mim, molhando o tecido do vestido e vejo Carol acender um fósforo, jogando-o em mim.

O fogo cresce rápido e o calor sobe imediatamente. Ouço meu grito, mas não sinto o som sair de minha garganta. Sinto o fogo queimar e minha pele arder. E tudo começa a ficar branco.

Tudo é nada até a cor voltar. Verde. Me afasto com um pulo para trás e sinto minhas costas baterem no encosto da cadeira. Na minha frente vejo Madame Gris e o cheiro de fumaça está mais forte que antes.

— O que foi isso? — pergunto, ofegante.

— Isso, pequena Jen, foi a verdade.

Eu me levanto às pressas e corro para a entrada da tenda.

— Lembre-se, as cartas mostraram seu passado. Você ainda pode mudar seu futuro. — Eu a ouço dizer enquanto saio, trombando no homem do lado de fora.

Ele me segura pelos ombros para me impedir de cair e olha em meus olhos.

— Está tudo bem. Você tem o poder de mudar o futuro.

Que futuro? Ser queimada viva pela minha namorada porque eu fiz o mesmo com ela em vidas passadas?

Eu me solto dele e continuo correndo para longe, parando onde combinei de encontrar Carol.

— Ei, foi tudo bem lá? Ela disse que vamos ter sorte no amor? — Carol ri.

Olho para ela e a moça que cuida do brinquedo chama a fila. Olho para cima e vejo que é a roda-gigante. Engulo em seco.

— Vem, é a nossa vez. Eu até pedi pra ela parar com gente lá em cima um pouquinho. — Carol pisca e vejo seus olhos azuis e maliciosos desviarem de mim para minha blusa ainda úmida de álcool. Dou um passo para trás. — Tá com medo agora? Qual é? Aposto que a vista lá de cima vai ser de tirar o fôlego! — Ela pisca para mim e não parece perceber ou se importar com meus olhos arregalados a encarando de volta. — Ah, e os fogos já vão começar.

LOBO

KENNY KENDY

"Bang!"

— Te acertei, lobo! — Dylan agora rodopia no colo do pai dizendo que está ferido e precisando de algodão-doce urgente. Não posso discordar, em termos de arminha de mão e doces, meu filho é um especialista.

— Hey! Cuidado com a máscara. Se cair, vocês vão comprar outra! — Dylan me dá o sinal de joia, segurando sua cabeça. A máscara é um pouco larga, mas até o próximo Halloween vai encaixar melhor.

Meu lobinho "ferido" e meu marido somem na multidão de crianças fantasiadas.

Até agora vi pelo menos uma dúzia de Jasons com seus facões de plástico. Esses filmes influenciam mesmo a criançada. Eu até gosto da fantasia de Carrie, mas as meninas poderiam muito bem se vestir como a Tenente Ripley, só para chutar a bunda do Freddy Krueger. Juro que vi algum Danny franzindo a testa para ler meus pensamentos, e, se lesse, seria algo como: "Cai fora, guri!".

O cheiro de pipoca com manteiga e fogos de artifício é esplêndido. Meu estômago gosta tanto do aroma "manteiga-pólvora" que fica querendo saltar para fora. As coisas que faço pelo meu filho. Fizemos um trato: se ele me ajudasse em casa durante o verão, passaríamos o Halloween no parque. Dito e feito. Quando chegava em casa, Dylan já tinha varrido o chão, lavado os talhares e regado as plantas. Todas as tarefas meio malfeitas, porém feitas. "Mamãe, o Halloween tá longe?", e eu dizia que faltavam 46 dias, então Dylan saía perguntando para o pai se 46 dias era muito tempo. Faltando uma semana, Dylan começou a desenhar sua máscara. Queria algum animal, não gostava de vilões dos filmes de terror porque eram muito "estragados". Ele tentou de tudo, desde panda até girafa. O vencedor foi o lobo. Segundo o olhar astuto de Dylan, o animal feroz parecia com Brutus, o nosso pequeno grande Pug.

O grito da criançada começou a ecoar na minha cabeça (ou seria obra do iluminado Danny?). Perto da barraca de doces o alto-falante decorado com chifrinhos de diabo tocava Joy Division. O vocal de Ian é tudo de que preciso para me acalmar... e não desses baixinhos barulhentos viciados em açúcar.

"I've been waiting for a guide to come and take me by the hand."

— Senhoras e senhores, pequenos cosmos desse parque, se aproximem! Agora é a hora, pois Madame Gris enxerga todos os caminhos. Seja o temporal do passado ou espesso presente! Venham! Não há futuro que não seja lido pelos olhos de Madame Gris! — A voz do cigano perfurava a massa do barulho e parecia ressoar junto com a música. Seus cabelos longos e ondulados dançavam com seus gestos melódicos e todo mundo, adultos ou crianças, queriam espiar a tenda.

Seus olhos repousaram nos meus. Nesse momento, só sua voz existia por cima do ruído.

— Vamos, se aproxime... não deixe que esta noite passe em vão. Entregue-se ao seu destino para revelar as suas cicatrizes!

... Por que não?

"This is the room, the start of it all."

O enjoo estranhamente diminuiu com o cheiro do tabaco e a tenda me abraçava com seus tecidos sinestésicos. No centro, com iluminação baixa, Madame Gris sorria. Seus cabelos da cor de prata reluziam pureza, sua pele carregava a cor de cobre e seus olhos... não enxergavam, mas pareciam ver muita coisa.

— Minha querida, sente-se. A noite começa com as estrelas sinceras. Elas me dizem que é hora de celebrar. Mas antes, aceita uma bebida? Ajudará com seu enjoo, Sue.

— Nossa! Vale mesmo os 10 dólares. Como você adivinhou meu nome? — Ela riu, a risada de alguém que perdeu muitos amigos e leu muitas histórias.

— Seu nome está estampado em você. O copo será servido. — Talvez eu não tivesse reparado, mas o copo já estava ao meu lado.

— Então, búzios, cartas... qual minha sorte? — Outra risada lenta e saborosa.

— Sue, hoje será sobre o seu amanhã. Que tal?

— Bom, claro. Quem não quer saber o futuro?

— Todos querem, mas nem todos aceitam. Noturno nos acompanha hoje. Ele guiará sua jornada. Para isso, beba em sua homenagem, beba para que ele abra os caminhos. — Água misteriosa, aqui vou eu!

— Caramba... que coisa é essa?

— Algo tradicional do meu povo. Se chama "Falerno".

— Ah... é legalizado? — E de novo a risada. Só que dessa vez, senti o mar dentro de mim. Algo alastrando meus líquidos e me deixando fluída.

— Sue, não tire seus olhos dos meus. Não cale seu coração nem esconda seu amargor. Noturno abaixa o temporal e aponta as terras áridas. Você, minha criança, sentirá o fardo de um dia que ainda não acordou, de uma mãe que experimenta o desamor.

A dormência do lábio faz minha boca ficar solta. Parece que estou em estado líquido, desinchando cada músculo até virar nada. Nas veias do meu pulso, algo a mais do que sangue é deslizado. Nos olhos de Madame Gris o verde me absorve para outro mundo.

— Para além. Respire e expire. Deixe que tudo flua como deve fluir.

A visão começa a ondular, fazendo Madame Gris se contorcer em duas. Vejo quatro pontos cintilando em chamas azuis, iluminando toda a tenda.

Cada momento é longo, é devagar, é hipnótico.

Não há mais os tecidos, apenas a noite se abrindo com o céu de estrelas. Olhar para elas é como sentir ondas me quebrando em pedregulhos.

Respiro.

Expiro.

Atrás da Madame ele me observa. Seu rosto ancestral é firme, rochoso e piedoso. Era como se a coragem se materializasse na minha frente, na forma desse deus milenar.

A música fica cada vez mais baixa.

"We'll share a drink and step outside."

Eu não sou eu.

Minhas pernas não me obedecem, são blocos de carne. Rastejo entre as mesas usando mãos que não são minhas. Que corpo é esse? Nas costas, sinto que alguém me repartiu com uma lança. Olho para trás, o rastro é de vermelho vívido. Na minha frente meus alunos estão deitados no chão, imóveis. "Meu deus! Cassie, Kelly, Matthew... corram! Saiam daqui, corram! Antes que ele..."

Uma bota preta esmaga a minha mão. Várias vezes.

Sinto cada piso e amasso. A ferida desse corpo é minha também. A dor elétrica da mão se espalha até as pontas dos dedos. Ele não para de pisar, ele não para de matar.

"Poupe seus amigos. Você não é assim!"

"— Professor, vocês nunca souberam nada sobre mim."

Meu pescoço se abre com o estrondo do tiro.

"Não tire seus olhos dos meus."

Agora estou trancado no armário. O corpo do menino me absorve. Somos um.

Seguramos *V de Vingança*, nosso quadrinho favorito. Apertamos com força para nos sentirmos seguros, como se aquilo fosse um talismã.

O suor desse garoto é absorvido pelas páginas, que agora estão amassadas e tortas. Ele se agarra ao quadrinho, sabe que é um escudo. Pelo menos acreditava de verdade nisso.

"Se eu fosse um herói, salvaria todo mundo."

Tiros sem direção, gritos de socorro e a pólvora ecoavam nos corredores, deixando o ar da escola infectado, carregado com o odor do caos.

"Não queria morrer."

Ninguém deveria morrer, garoto. Não hoje.

Ouvimos o som de algo batendo nas portas dos armários.

"Se não fosse tão covarde, talvez já estaria do lado de fora, e não aqui, trancado."

Passos. São passos que só aquelas botas poderiam fazer. Observamos o vulto preto através da grade do armário.

Por favor, garotinho, fique quieto.

Algo quente escorre pela nossa perna. A urina transborda para o lado de fora, contornando a bota. Ouvimos o som metálico de novo, só que em nossa frente. Agarramos o gibi mais forte, é o nosso escudo, nossa proteção. "Deus, me ajuda..."

— Grita por ajuda, vamos, grita! — A voz do vulto reparte nosso corpo.

— Socorro! Ele vai me matar... alguém!!!

— Isso. Vê? Ninguém vem te socorrer. É sempre assim. — Murros e chutes começam a deformar a porta.

— Por favor, eu não quero morrer. — Não agarramos mais o quadrinho. Apenas o abraçamos, sentindo o tempo elástico ecoar.

Respiro.

Expiro.

"Esse vai ser meu caixão? Vão me encontrar sozinho e mijado... é aqui que acaba minha história, sério?"

As páginas explodem, tingidas com vermelho inocente.

"Te acertei, lobo!"

"Desculpa, mãe! Desculpa! Eu te amo muito, tá?" Fecho os olhos. Cada osso do nosso corpo se derrete. Sou Rachel e sei que vou morrer.

Parece que o ar ficou grave e mudo.

Bloqueamos a porta da sala com cadeiras e mesas. Todos estão juntos no canto da sala de aula, alguns quietos e outros ligando para dizer adeus. Alguém me abraça e sinto o gelo do seu corpo no meu.

Hoje é o fim do nosso mundo. Nessas horas você vira uma carcaça que não existe mais.

A porta começa a bater. As cadeiras e mesas amontoadas começam a cair. O abraço fica mais forte me dizendo que hoje só foi um dia ruim.

A voz da minha mãe some quando deixo cair o celular. A porta se abre.

— Achei.

Corpos caem como pedras ao meu lado. O braço que me confortava agora virou um pedaço de pele no chão. Os tiros são altos, mas o ar continua mudo. Espirros de vidas tocam meu rosto, são gotas quentes. Na minha camisa, pedaços do que foram meus amigos.

O cano é apoiado na minha testa. Ouço a voz da minha mãe, distante.

Levanto os olhos, e lá está. A máscara de lobo pincelada em vermelho.

A voz de Rachel é minha também.

— Por quê?

— Para não morrer sozinho.

"Uma mãe que experimenta o desamor."

Estou na tenda. Não há tecidos coloridos, não há Joy Division tocando, apenas a luz iluminando o centro. No lugar da Madame Gris está Dylan. Suas mãos foram afogadas em algo negro, lodoso. O rastro de lágrima é a única coisa limpa em seu rosto.

Não há brilho, não há vida. Apenas o eterno som grave do luto.

A lama começa a subir pelos seus braços, devorando com sua escuridão meu filho.

— É assim que é o fim, mãe?

Não posso falar. Não tenho boca.

— É assim que o mundo termina?

Quero gritar.

— Como você nunca percebeu?

Dylan é engolido pouco a pouco pela lama. Aquilo que era seu corpo se distorce. Seus órgãos estão para o lado de fora, formando uma camada rubra. Ouço a viscosidade estrangulando e reduzindo meu filho a uma escultura retorcida. Sua cabeça está sendo tomada pela gosma escura.

Tento correr em sua direção, mas meus pés estão grudados.

— M...ãe...

O líquido escuro cobre o rosto de Dylan, moldando a máscara de lobo.

Não há mais nada.

Só o silêncio.

"In the shadowplay, acting out your own death, knowing no more."

— São dez dólares.

— Anh? — Algum casal entra na minha frente e se apressa para a tenda.

Ao meu redor, crianças correm e gritam, são carrosséis borrados. Minha garganta segura o vômito e meu coração parece que vai descer até o estômago.

Respiro.

Expiro.

Choro.

— Mãe? — Dylan me abraça.

— Desculpa! Eu perdi a máscara. Não fica triste, mãe. Prometo que vou achar!

Meu menino, meu lobinho. Como vou te proteger?

Pelo ombro do meu filho observo as crianças deixando o parque. O Halloween estava se encerrando. Vejo também um Danny indo embora com seus pais. Em uma de suas mãos a máscara de lobo brilhava. Ele me encarava pela última vez, sorrindo. Mas seus olhos... seus olhos estavam pretos.

CASAL PERFEITO

LEANDRA ANGEL

As ruas estavam enfeitadas. Caveiras arrastavam-se pelos jardins gramados. Lápides pontilhavam os canteiros. Abóboras maníacas sorriam das escadas. Apesar de o tempo não estar muito frio, e do fato de que o Halloween era praticamente um feriado na pequena cidade, poucas crianças foram vistas na rua durante o dia. Talvez na esperança de irem ao parque à noite.

Grace não conseguia afastar o sentimento lúgubre que a abraçou quando se sentou sozinha na varanda de sua casa. Era o segundo dia das bruxas sem sua família, seu irmão caçula não estava tentando arrastá-la de porta em porta para pegar doces com ele. A rua praticamente vazia, quase não havia crianças em busca de doces, apenas um ou outro monstrinho ou bruxa correndo aos berros, e todas aquelas decorações assustadoras que o vizinho da frente montou fizeram sua nuca arrepiar. Teve vontade de se benzer, como sua mãe sempre dizia para fazer, mas se conteve.

Ali sozinha, pensou na proposta descabida que seu namorado lhe fizera na noite anterior. Fugir para se casar em Las Vegas no próximo fim de semana. Isso era depois de amanhã. "*Que absurdo!*". Ela não precisava fugir. Não havia mais ninguém a quem devesse alguma satisfação. Queria sair daquele fim de mundo, era verdade, mas sem ninguém apontando o dedo para acusá-la de algo. Fugir para casar só aumentaria o falatório, mas um casamento planejado e uma grande festa? Isso aquela cidade interiorana iria adorar!

James chegou à casa de Grace no início da noite, vestido como Hulk Hogan, com direito a bigode e peruca platinados, um macacão imitando a regata e a sunga amarela, o cinturão e as pernas musculosas. Não fosse o fato de que vira pelo menos uns cinco iguais a ele passando pela janela em direção ao parque, não teria coragem de acompanhá-lo.

— Like a Virgin! — James sorriu sugestivamente segurando-a pela cintura, quando ela abriu a porta. — Quando disse que seria Madonna, pensei que seria a do filme desse ano.

— E ser mais uma Susan? Tem noção de quantas terão nos álbuns de fotos de 1985?

— Para mim, melhor assim. Posso roubar você diretamente do parque para a rodoviária. Já está vestida de noiva. — Encarou o corpete, as luvas e saias rendadas, a jaqueta de couro por cima e o cinto Boy Toy. — Perfeita para Vegas, baby.

— Vamos amor, não quero ser a última a chegar — desconversou.

— Tudo bem, baby. Parece que a cidade inteira está indo pra lá.

Grace sentiu um frio na barriga. Não sabia por que estaria nervosa, mas algo a incomodava. Os gritos na montanha-russa chegaram até eles misturados com a música do carrossel e da roda-gigante, uma espécie de acordeão um pouco desafinado. O cheiro de pipoca amanteigada roçou o nariz dela assim que entraram, disputando sua atenção com o aroma açucarado do algodão-doce sendo enrolado ao lado de uma tenda de listras coloridas.

Enquanto James se divertia com seus amigos, fazendo poses de luta livre, Grace mantinha os olhos na tenda chamativa que, tinha quase certeza, nunca havia visto algo assim em nenhum parque que passou pela cidadezinha. A aba de tecido se abriu e um homem alto, de pele morena, esbelto, de cabelos bem negros e longos, presos por uma bandana, saiu e olhou ao redor. Seus olhos encontraram os dela, um calafrio fez Grace estremecer quando ele sorriu de forma enigmática. Ela esfregou os braços, a dormência na ponta de seus dedos não parecia ter muito a ver com a temperatura fresca que fazia. O homem começou a chamar para a sua atração e uma sensação fria acariciou a base das costas dela quando ela se deu conta: *um cigano*! Nunca tinha visto um de perto.

— Aproximem-se! Aproximem-se, senhoras e senhores! Não é uma noite absurdamente esplêndida? Os astros. Vejam os astros! A posição das estrelas, dos planetas, o que elas dizem sobre você? Madame Gris sabe tudo! Você ainda tem dúvidas? Madame Gris sabe o Passado. Madame Gris sabe o Presente.

O cigano olhou-a mais uma vez antes de continuar.

— Não necessariamente nesta mesma ordem, não necessariamente do jeito que vocês esperam, mas acima de tudo: Madame Gris não mente. Venham meus amigos, aproximem-se da tenda! Deixem que Madame Gris toque o fundo de suas almas... mas o pagamento... o pagamento é adiantado.

Algo naquela voz a puxava. Todo o seu corpo, no entanto, lutava para se afastar, mas ela precisava saber... alguma coisa. O timbre no sotaque do cigano parecia um feitiço, prometendo-lhe verdades, respostas, abrindo em sua alma a necessidade de descobrir; o que, ela não fazia ideia, mas ia descobrir.

— Vamos, amor. Quero ver meu futuro.

Agarrou novamente o braço de James, puxando-o. Ele voltou sua atenção na direção que ela apontava. Seu sorriso sedutor fraquejou e seus pés pararam. Puxou uma respiração funda ao ouvir o que o cigano repetia. Forçou um sorriso no rosto enquanto segurava a mão em seu braço.

— Baby, você não acredita nessas coisas, não é? Vamos na roda-gigante. É muito mais romântico.

— Ora, vai me dizer que está com medo de charlatões? Vamos, amor. Quem sabe você tenha a sorte de eu ser convencida de que fugir para Vegas é o meu destino?

Ele engoliu em seco, mudando o peso do corpo de um pé para o outro. Era sua chance de convencê-la a um casamento rápido sem burocracia.

O cigano agora os encarava, o sorriso aberto, os dentes tão brancos e alinhados que não pareciam naturais. Grace e James hesitaram quando chegaram perto. Uma sensação incômoda de antecipação, como a que se sente antes da queda na montanha-russa.

— São dez dólares para cada, mas se não quiser pagar para os dois, fico mais do que contente em acompanhar a dama até Madame Gris.

— No inferno que vai.

Grace ouviu os primeiros acordes de sua música preferida, pouco antes de James retirar os vinte dólares da carteira.

"Turn around..."

A voz suave flutuou até ela como uma ordem. Virou-se para olhar para trás, pessoas seguiam para os brinquedos, comendo, brincando, se divertindo em suas fantasias. Mais ninguém parecia interessado na tenda cigana. A voz de Bonnie Tyler prosseguiu, lembrando-a de sua solidão e do quanto queria alguém para tirá-la daquele fim de mundo. Precisava se lembrar disso, ignorar a vontade de obedecer à música, virar-se e afastar-se da tenda.

James pagou o cigano, que abriu o tecido da entrada dando-lhes passagem. Uma explosão de cor em tecidos e almofadas era iluminada por várias velas ao redor. Um mau agouro arrulhou em sua orelha quando pensou no perigo das pequenas chamas em um lugar completamente inflamável.

— Oh, entrem Grace e James! Sejam bem-vindos!

Uma cigana saiu da parte dos fundos da tenda, sentando-se no chão sobre as almofadas que faziam um círculo ao redor de uma bola de vidro, um baralho e um prato com pequenos ossos. O cheiro de mirra fez James espirrar e Grace tossir. Franzindo o cenho, o casal se sentou em frente aos objetos e a mulher, que indicava o lugar com mãos enrugadas e manchadas de sol. Nenhum deles havia dito seu nome, nem do lado de fora.

Os cabelos grisalhos caíam em ondas sobre as costas da cigana, ressaltando os ossos proeminentes de seus ombros, expondo a magreza do corpo frágil. Olhos de um verde acinzentado e cristalino, como pedras preciosas, os encaravam. James apertou a mão de Grace, sentindo uma bola em sua garganta dificultando engolir a saliva que acumulava em sua boca. Encarava de volta os olhos que estavam envolvidos em uma fumaça leitosa, um aspecto fantasmagórico que deixava claro que Madame Gris era cega.

O desconforto dos dois aumentou, fazendo que ambos se contorcessem em suas próprias peles. Sentiam que algo estava errado. Grace lutava contra o coração acelerado, o medo lutando contra a necessidade de saber algo. James suava frio, as mãos cerradas antecipando uma briga. Ao fundo, ainda podiam ouvir "Total Eclipse of the Heart", sussurrando ironicamente para se virarem — e esperançosamente, irem embora.

— Podemos concordar que a dama escolhe o método de leitura?

Grace nem se deu conta de que sua mão se erguia e apontava para algo disposto a sua frente. O rosto da cigana pareceu se iluminar.

— Osteomancia! — disse, pegando os pequenos ossos e sacudindo-os na mão antes de jogá-lo sobre o prato novamente.

— Eu quero saber... — Grace foi interrompida com um aceno de mão.

— Você não escolhe, querida. O Noturno da Alma sabe tudo, vê tudo e tudo revela!

O sorriso sombrio que Madame Gris abriu enquanto observava os ossos fez todo o sangue de Grace gelar. A tenda rodou a sua volta, a tonteira a pegando desprevenida; suor frio se acumulou em sua testa enquanto a pressão no peito aumentava. Náusea enrolou em seu estômago, um cansaço extremo transformando o ato de respirar em um esforço hercúleo. Grace sentiu seu coração falhar, uma dor no peito que irradiou para o braço esquerdo. Olhou para a cigana com uma pergunta muda em seu rosto.

— Oh, querida. Essa é apenas uma das formas que ele usou para matar suas outras esposas. Jovens bonitas, ricas, bem de vida, com uma gorda herança para deixar; como você.

— Ele?

Grace lutava contra a vontade de deixar a inconsciência tomá-la. “O que aquela mulher estava dizendo?”

— Vocês são realmente feitos um para o outro, querida! — A cigana olhou para James e voltou a olhar para ela. — Ele as enredava em seu charme e, quando apaixonadas, as convencia de que não podia viver mais um dia sequer sem elas. Um casamento rápido e validado na cidade do pecado e todo o direito sobre tudo o que elas têm é dele. Então uma tragédia! E todas as belas mulheres morreram repentinamente poucos dias depois! — Os dentes de ouro de Madame Gris brilharam diabolicamente na luz das velas. — Gostaria de experimentar as outras mortes ou passamos para a próxima revelação do oráculo?

Lágrimas gordas e quentes deslizavam pela pele fria de Grace. A sensação opressora do infarto apertando mais forte, enquanto descansava a testa no tapete áspero do chão da tenda.

Traição rastejou em seu coração e imagens vívidas de rostos femininos em agonia brilharam em sua mente.

"Sou apenas mais uma conta bancária que o desgraçado iria limpar. Seria morta antes mesmo de viver e aproveitar tudo pelo qual lutei até aqui, tudo porque o homem que escolhi para me tirar da miséria desse lugar era uma espécie de viúva-negra."

A ironia não passou despercebida.

— Bem, bem... vamos continuar?

James gemeu, uma mão agarrando sua cabeça, a outra apoiada no chão para se estabilizar. Lutou contra a tonteira, a fraqueza no corpo e o sono que ameaçava jogá-lo no esquecimento. Gemeu outra vez com a cabeça que latejava, o estômago protestou jogando todo o jantar para fora. Sentiu-se confuso quando se deixou cair ao lado de Grace, olhando para o teto da tenda.

— Se parar de lutar, querido, e apenas dormir, terá uma morte quase pacífica. Como os pais e o irmão caçula dela tiveram. Ela conquistou sua autonomia e liberdade quando voltou escondida de uma festa, onde nenhum de seus amigos bêbados deu por sua falta, e garantiu que houvesse um problema de manutenção no aquecedor da casa. Claro, ela retornou para a festa e bebeu até desmaiar para que ninguém pensasse minimamente que saiu de lá!

James piscou ainda mais sonolento, a respiração tão fraca que mal percebia seu peito subir ou descer. Olhou confuso para Grace, que voltou seu rosto para ele, a bochecha amassada no tapete feio. Estenderam a mão um para o outro, mas fosse qual fosse a razão, o gesto se perdeu caindo no meio do caminho entre eles. Uma mão levemente encostada à outra, como se desejassem se juntar.

Madame Gris observou a vida se apagar de James e o sangue deixar de pulsar em Grace, enquanto recolhia os ossos ao lugar de origem.

— Tsc, tsc, tsc... um casal perfeito! Dancem um lamento cigano ao redor do fogo do inferno por mim, queridos!

O cheiro de mirra se dissipou. Ao fim da noite a tenda com listras coloridas se dissolveu como se nunca tivesse estado ali. Os dois foram encontrados ainda de madrugada, as mãos se tocando, encarando-se com rostos sofridos, em um canto escuro fora do parque. Ninguém soube explicar as mortes. Tudo acabou se transformando apenas em mais uma história sinistra na pequena cidade interiorana.

— Noturno! Dentro da tenda, não!

— Desculpa... Noturno tem muita fome, alma ruim deles estava muito gostosa... — A voz vinha de todo lugar e ao mesmo tempo de lugar nenhum.

Noturno estava espalhado nas sombras da tenda, que agora só exalava um cheiro suave, e o cenário estava se dissipando e mudando de forma. A entidade já sentia as expectativas da próxima pessoa da fila.

Em breve o próximo cliente entraria. Agora precisava tirar aqueles corpos dali. Passou pela cortina da entrada. Era visivelmente cega, mas sentia perfeitamente onde estava o filho, que continuava seu trabalho de atrair clientes.

— Grayson, nossos últimos clientes precisaram sair porque começaram a passar mal. Poderia dar uma limpada para mim?

Grayson já sabia o que esperar quando sua mãe pedia por uma limpeza. Pediu licença para as pessoas e entrou na tenda. Madame Gris, para manter a atenção dos clientes nesse momento, ofereceu leituras de mão a um preço reduzido enquanto seu filho não retornava.

O cigano saiu pelos fundos da tenda, acompanhado por algumas sombras de Noturno, que o ajudava a passar com os corpos despercebido. Deixou-os no descampado, e juntou as mãos de ambos como estavam na tenda.

— Eu não sei o que tinha de tão ruim em vocês, mas deve ter sido bem ruim... — comentou, limpando as mãos e retornando para seu posto.

Com tudo limpo, Madame Gris retornou para dentro da tenda. Noturno ainda tinha fome e mal podia esperar por seu próximo alimento.

ENTRE A JUSTIÇA E A FELICIDADE

DÉBORA MUNDIN

— Mas, mãe... ela tem que ir junto? — O protesto de Anelis era um murmúrio, mas não saiu menos reivindicador.

— Sim! Ela é sua prima e, se você quiser ir nessa festa, ela vai junto! — Angela respondeu entre os dentes, junto com um olhar que não dava brecha para mais reclamações.

Anelis desceu as escadas a contragosto. Era a primeira vez que iria a uma festa de Halloween só com os amigos. Usava uma versão menos sexy do vestido da Madonna em "Like a Virgin" e estaria transbordando de felicidade se não fosse aquela figura usando um camisetão preto, que Anelis poderia jurar tê-lo visto naquela semana, com os cabelos mal penteados, jeans surrado e um tênis sujo.

— É *assim* que você vai, Kayla? — A repulsa era palpável em sua voz.

A garota respondeu:

— Já me chamam de estranha... hoje, pelo menos, posso fingir que é um personagem.

Anelis e Kayla pareciam duas faces da mesma moeda. Suas mães, Angela e Alice, eram irmãs gêmeas, e suas filhas, com 3 meses e 7 dias de diferença, como as jovens gostavam de salientar quando eram mais novas, eram fisicamente semelhantes. Na infância tinham sido grandes amigas, ambas de riso fácil e compartilhavam histórias de um mundo secreto só delas, mas com o passar dos anos Anelis floresceu em uma adolescente repleta de sonhos e confiança e Kayla se fechou dentro de um castelo impenetrável onde reagia às tentativas de proximidade de forma evasiva. Sua prima ainda mantinha o carisma, já ela afastava as pessoas com sua ironia e desinteresse. As jovens ainda se gostavam, grande parte pela lembrança do que passaram juntas, mas, atualmente, não combinavam em nada. Suas mães, especialmente Alice, forçavam a proximidade e era exatamente ali que estavam agora: Kayla não queria estar lá, Anelis não queria levá-la para a festa.

A garota revirou os olhos para mais um dos comentários indelicados da prima, mas o som da buzina não deixou brecha para nenhum protesto.

— Mãe, Jeff chegou! Estamos indo e sim, a gente chega às dez!

Angela até correu para tentar tirar uma foto da dupla, mas a porta já estava se fechando quando chegou no topo da escada.

Jeff, de dentro do carro, admirou a sua namorada. Anelis era, sem dúvida, a garota mais linda do colégio e vê-la vestida de Madonna fazia seu corpo pulsar. O deleite acabou assim que viu Kayla se arrastando atrás.

— Ela precisa vir com a gente? — O rapaz questionou em voz alta, não fazendo questão de ser agradável.

Anelis lançou um olhar de constrangimento e Kayla respondeu enquanto se ajeitava no banco de trás:

— Jeff, você não sabe a alegria que estou em dividir essa noite com vocês. — A voz sarcástica deixou o rapaz ainda mais enfezado. — Eu sei que você não gosta de mim e, que coincidência boa, eu também não gosto de você, mas minha tia me obrigou a tentar fazer amigos, então faz assim... me deixa em algum lugar, vocês vão para a festa e depois me buscam. Eu falarei maravilhas dessa noite e todo mundo sai feliz. Que tal?

O rapaz contestaria e iniciaria uma discussão se a ideia não fosse tão boa.

— Já sabe para onde quer ir, já que planejou tudo? — indagou, provocador.

— Eu sou um poço de felicidade, então qualquer lugar que tenha comida e um banco para sentar me serve. Por isso, me surpreenda.

— Quer ir ao cinema? — arriscou Anelis.

— Eu não vou atravessar a cidade só para agradar sua prima — cortou Jeff. — Tem um parque no meio do caminho até a festa. Posso te deixar lá.

Kayla deu de ombros, soltando ar pelo nariz em concordância desdenhosa, enquanto olhava pela janela.

Chegaram à grande praça onde o parque estava montado. Famílias amontoavam o lugar com crianças vestidas com suas fantasias, bruxas e vampiros eram as mais populares, mas algumas abóboras, Darth Vaders e Caça-Fantasmas eram fáceis de encontrar.

— Podemos entrar um pouco? — pediu Anelis.

— Não. É só para deixar sua prima. A festa do Archie nos espera.

— Por favor, ainda está cedo! — insistiu a jovem. — Eu ouvi dizer que há ciganos que vieram junto com o parque. Talvez tenham uma tenda e prevejam o nosso futuro juntos.

Kayla não pôde conter o revirar de olhos com aquela cena. Jeff tentou dissuadir a namorada, mas Anelis já estava fora do carro.

O cheiro de pipoca e amendoim doce e o som estridente dos gritos infantis dominavam o lugar. Muitas pessoas iam e vinham e as luzes piscantes das atrações tornava o cenário confuso e parecia ser impossível achar alguma atração específica. Os pés dos adolescentes os levaram diretamente para uma tenda roxa surrada, com uma placa simplória escrita em giz: "Madame Gris — U$ 10". Jeff tentou protestar:

— Não vou pagar 10 dólares em uma charlatã!

Nesse momento uma mão fina e longa apareceu da abertura do pano e um cigano alto e esguio saiu encarando Jeff:

— Está com medo do que ela pode te dizer, *gadgé*? — O sorriso desafiador que veio acompanhado da fala irritou o rapaz, que arremessou o dinheiro e encaminhou as garotas para dentro.

Se lá fora os barulhos e cheiros eram de um clássico parque infantil, lá dentro parecia haver outra sintonia. A tenda, apesar de velha, abafava o som externo, e o cheiro forte de incenso transportava seus ocupantes para um plano etéreo, mas a simplicidade da mesa de plástico e do chão de terra batida sem proteção os lembrava que estavam a poucos quarteirões de casa. Uma velha senhora estava sentada em um dos lados da mesa. Não era possível adivinhar sua idade, pois sua pele estava manchada e castigada do sol, os anos de caminhadas por alguns trocados cobravam seu preço. Os cabelos eram longos e ondulados, presos por uma bandana verde-escura, com contas e pequenas moedas penduradas; era uma caricatura tão perfeita de uma cigana adivinha que Jeff revirou os olhos ao vê-la.

— Sente-se, minha jovem. Mão, tarô ou bola de cristal?

Anelis tomou a frente e se sentou na frente da velha senhora:

— Mão.

Agora mais próxima, Anelis pôde reparar nos olhos da senhora. Eles eram de um verde cristalino, que lembravam os brincos de turmalina verde de sua mãe, mas uma película esbranquiçada densa cobria ambos, deixando clara a cegueira da velha cigana.

Apesar disso, Madame Gris habilmente pegou a mão da jovem e, com seus dedos enrugados, tateou as linhas de sua palma.

— Vejo um bom futuro para ti no amor, mas não será com o primeiro, nem com o segundo e muito menos com o terceiro. O primeiro levará sua juventude, o segundo sua segurança e o terceiro seu amor. O quarto, esse sim a amará de verdade, mas com ele não se casará.

— Mas como isso pode ser feliz? — perguntou, incrédula.

— Você não entenderá quando acontecer. A revelação só chegará quando nada puder ser feito. A ignorância é uma bênção, criança, e sua vida será bem abençoada. — Madame Gris soltou uma gargalhada jocosa e indecente.

Anelis puxou sua mão e se levantou de forma violenta, derrubando a cadeira em que estivera sentada segundos antes, saiu correndo deixando tudo para trás, incluindo Jeff, sua prima e a bolsa em cima da mesa. Jeff correu atrás da namorada e Kayla se aproximou para pegar os pertences. Madame Gris rapidamente segurou seu pulso. Sua mão parecia uma garra e a garota sentiu as unhas fincando em sua pele. A velha cigana olhava diretamente para seus olhos e Kayla sentiu que, apesar de a mulher não a enxergar, ela a via. Via dentro de sua alma:

— Já você não tem mais o prazer da ignorância, mas vejo uma bifurcação na sua vida. Algo de muito bom acontecerá e você saberá a verdade e então virá o impasse entre a verdade ou a felicidade. Quem te libertou precisará que você a liberte.

Madame Gris a soltou e Kayla saiu da tenda entre tropeços e com os pensamentos confusos. Logo encontrou sua prima e o namorado, mas Anelis chorava copiosamente. Seria impossível ir para alguma festa naquele estado. Os três decidiram andar por entre as atrações para deixar o que havia acontecido naquela tenda para trás, e assim o fizeram. Quando a calma voltou para Anelis, ela tinha desistido da festa, e Jeff, resmungando e a culpando por ter estragado a noite com uma superstição boba, levou as duas garotas para casa.

Anelis correu direito para o quarto e ficou a cargo de Kayla dar uma desculpa sobre uma indisposição da prima.

Ela estava sem sono e se juntou aos tios para assistir a um filme velho na TV. Ela gostava desses momentos de pipoca, reprise e calma. Secretamente, eram os filmes da noite que ainda a faziam frequentar a casa deles. Já tinha perdido as contas de quantas festas do pijama e reuniões das garotas ela tinha fugido no meio para se sentar na sala e ver Audrey Hepburn, Gregory Peck ou até mesmo Elvis em ação. Hoje o escolhido era o clássico de Halloween *Psicose*. Mesmo com o filme começado, ela se sentou no sofá e recebeu a cumbuca de pipoca das mãos de Angela.

A inquietude de Hitchcock não tinha ajudado a acalmar os pensamentos da jovem e, por isso, mesmo já passando das dez e meia, ela ainda estava na sala quando o telefone tocou e seu tio prontamente atendeu. Seus olhos se arregalaram e ele olhou diretamente para Kayla. Seu rosto perdeu a cor e ele apenas concordava. A ligação terminou, ele voltou o aparelho para o gancho e se sentou ao lado da sobrinha, pegou sua mão e, olhando diretamente para seus olhos, disse:

— Querida, seu... — As palavras lhe sumiam. — Seu pai sofreu um acidente de carro.

Um bloco de gelo se alojou em suas entranhas e o chão sumiu sob seus pés. Sua cabeça girou e, se não estivesse sentada, com certeza desmaiaria.

Seu tio apertou sua mão e ela retornou.

— E minha... — Não conseguia completar a frase.

— Sua mãe está bem. Ele saiu sozinho para comprar algumas coisas no mercado e ele estava... — A hesitação em sua voz declarava seu desconforto em contar todos os detalhes. — Você sabe como era o seu pai, então o carro derrapou e bateu em um poste.

Kayla puxou o ar, forçando-o a entrar calmamente em seus pulmões. Coisas no mercado... ela sabia bem o que ele tinha ido comprar. Certamente era para abastecer seu estoque de bebida, que deveria ter acabado antes da noite.

— Ele...

— Sim, querida. — O olhar de compaixão não deixava dúvidas de que seu pai estava morto.

Uma porção de lágrimas se alojou debaixo de seus olhos e escorreram facilmente pelo seu rosto. Sua mãe estava bem e ele não faria mais mal a elas. As noites de gritos e socos, os xingamentos, os roxos que tinham que manter em segredo, o excesso de bebida, tantos dias e noites lhe passaram pela mente em segundos. Finalmente aquilo tinha acabado e então a voz da Madame Gris sintetizou tudo: "algo de muito bom acontecerá e você saberá a verdade". As lágrimas de tristeza e felicidade se misturavam e ela instantaneamente soube: sua mãe tinha decidido libertá-las aquela noite... e ela ficaria calada.

LINHA DA VIDA

JOYCE SANTALME

Já fazia seis meses. Seis meses de uma vida nova. Emprego novo, hábitos novos, até mesmo um nome novo. Jaqueline nascera havia seis meses naquela minúscula cidade, que não tinha mais que quinhentos habitantes. Ela vivia em um trailer, que ficava estacionado no posto de gasolina, tão velho, que parecia abandonado. Arranjara um emprego no mercadinho do lugar. O salário era vergonhoso.

No início, sentira falta da vida farta que tinha em São Paulo. Apartamento em condomínio de luxo, emprego com alto cargo, salário de dar inveja. Tinha de se convencer diariamente de que a nova vida era para seu próprio bem. Isso se quisesse continuar vivendo.

Com o passar das semanas, a vizinhança simpática, até mesmo o tédio do local, conquistaram a agitada Sa... Jaqueline.

A cidade possuía uma rotina própria. Todos os dias às dez, a velha Jones passava em frente ao mercado com seu poodle branco. Ao meio-dia, o policial Miller comprava uma cerveja escondido para o almoço e, como disfarce, saía com três donuts. Um pouco depois das três da tarde, as poucas crianças passavam correndo ao voltar da escola.

Essa monotonia só era quebrada em dias de festa. E, mesmo assim, parecia um encontro de família, pois eram sempre as mesmas pessoas, as mesmas faces.

Aquele fim de tarde de quinta-feira estava diferente. A pequena cidade se agitava por dois motivos: era Halloween e um parque estava no local. A montagem da atração fora assunto por toda a semana. Carros das cidades vizinhas chegavam aos poucos. Jaqueline sorria sozinha, sentada em uma pequena cadeira de metal ao lado de seu trailer. Era uma sensação muito boa ver aquelas pessoas felizes com algo tão simples.

— Ei... — Uma voz masculina surgiu. Era o funcionário do posto, com seu jeito calmo e lento de sempre. — Eu estava pensando... você não gostaria...

— Sim. — Jaqueline não tinha paciência para aquele estilo do Alabama; e se ele não a chamasse, com certeza, ela o convidaria para irem ao parque. Daxton era o único amigo que Jaqueline fizera nos seis meses em seu novo lar. Todos se conheciam ali, mas amigo mesmo, apenas ele.

Uma hora depois, eles se encontravam na entrada do parque. Luzes quebravam a escuridão acentuada pela floresta densa que se abria no fundo do terreno onde a atração estava montada. Cores vibrantes contrastavam com vampiros vestidos em elegantes ternos pretos, bruxas em trajes roxos, zumbis, múmias e diversos monstros. Crianças corriam com sacolas de doces. O cheiro de pipoca e amendoim doce tomava o ar.

Jaqueline e Daxton andavam pelo parque, de barraca em barraca, brincando e perdendo dinheiro ou ganhando alguma bugiganga sem valor. Apesar de o outono já estar se encaminhando para seu fim, aquela noite estava quente. Então decidiram parar e pedir um milkshake. Foi quando ela ouviu:

— Aproximem-se! Aproximem-se, senhoras e senhores! Não é uma noite absurdamente esplêndida?

Jaqueline caçou com o olhar de onde vinham aquelas palavras; então, de um canto escondido do parque, ela viu: uma tenda listrada, pequenas lâmpadas amarelas brilhavam ao redor, parecia um circo, mas um ar de mistério envolvia aquele espetáculo.

— Os astros. vejam os astros! A posição das estrelas, dos planetas, o que elas dizem sobre você? Madame Gris sabe tudo! — o rapaz com um sotaque diferente continuou.

Diversas pessoas começaram a se aglomerar em volta da tenda e Jaqueline não conseguia tirar os olhos daquele homem de longos cabelos negros, bandana vermelha, camisa branca de manga comprida e com os primeiros botões abertos.

Daxton percebeu a amiga hipnotizada pela fala do cigano.

— Vamos lá! O que podemos esperar do futuro numa cidade como essa?

Os amigos se aproximaram da tenda. Jaqueline continuava calada e completamente envolvida pelas palavras do homem à sua frente:

— Madame Gris sabe o Passado. Madame Gris sabe o Presente. Madame Gris sabe o Futuro! Mas, acima de tudo: Madame Gris não mente — disse olhando nos olhos de Jaqueline. — Venham, meus amigos! Se aproximem da tenda! Deixem que Madame Gris toque o fundo de suas almas... mas o pagamento... o pagamento é adiantado.

Ao pronunciar essas palavras, o cigano estendeu a mão para Jaqueline, exigindo os dez dólares de pagamento. A jovem, ainda anestesiada, enfiou a mão no bolso e retirou a nota. Com um sorriso um tanto suspeito, o cigano indicou com um gesto a entrada da tenda.

Pouco a pouco, dezenas de clientes se aglomeraram ansiosos. A fumaça de incensos suavemente viajava para fora da tenda e os envolviam, em uma espécie de neblina mística.

— Hummm... adoro incenso de alecrim. — Jaqueline ouviu alguém comentar.

— Alecrim? Pra mim é canela — outro respondeu.

Um a um os clientes nomeavam o odor que sentiam, mas

ninguém sentia o mesmo cheiro que Jaqueline. Um cheiro de ferro... cheiro de sangue.

Enquanto Jaqueline ainda tentava se acostumar com o odor acre, o tecido listrado e com as bordas já puídas da entrada da tenda se abriu lentamente.

Mãos finas, com a pele enrugada e longas unhas, afastavam o tecido para ambos os lados. Anéis com pedras enormes apareciam nos dedos compridos.

Então, uma figura peculiar surgiu. Trajava uma saia rodada preta, e da cintura caía um cinto de medalhas douradas que se destacavam sobre o tecido escuro. Uma camisa branca com ombros bufantes servia de plano de fundo para diversos colares e medalhas de ouro. Uma bandana roxa mantinha afastados dos olhos os grandes cachos negros da cabeleira vasta. Era impossível dizer a idade daquela mulher. Parecia jovem e, ao mesmo tempo, aparentava ter cem anos. Lentamente encarou sua cliente.

— Boa noite. Quem vai ser o primeiro?

Todos se voluntariaram empolgados; exceto por Jaqueline; algo em seu peito dizia que era melhor ir embora.

Madame Gris ignorou-os. Estendeu a mão para a jovem angustiada à sua frente.

— Venha! Você será a primeira.

Sem ter como rejeitar, Jaqueline aceitou resignada e tocou a mão estendida a ela. Cadavérica de tão fria. Suavemente, Madame Gris levou-a para dentro da tenda. Naquele momento, Jaqueline percebeu que tudo aquilo tinha sido uma péssima ideia.

Viu um pequeno altar com cristais, pedras, moedas douradas e velas. Cristais também se projetavam do teto de tecido. A luminosidade era bem baixa. Apenas uma fraca luz iluminava a mesa no centro do local.

A vidente fez um gesto indicando o assento de Jaqueline e sentou-se imediatamente à sua frente.

— Bola de cristal, cartas, búzios... diga-me, minha querida, que técnica prefere?

— Qual a senhora recomenda?

— Para uma garota repleta de segredos como você, leitura das mãos.

Jaqueline estranhou aquela frase, mas logo deixou a desconfiança de lado: era tudo um teatro. A jovem estendeu as mãos para a cigana, as palmas viradas para cima, iluminadas pela luz que pairava sobre a mesa.

Madame Gris respirou fundo e soltou o ar lentamente. Com as duas mãos, tomou a mão esquerda de Jaqueline. Fechou os olhos e, com o dedo indicador, começou a passear sobre as linhas que desenhavam a palma da jovem.

— Você sofre. O seu passado é obscuro. Por isso, seu presente é uma mentira.

Jaqueline tentou puxar a mão de volta, mas foi impedida. A força daquela mulher era impressionante.

— Seu nome é Samara. Você se esconde aqui. Eu vejo sangue em suas mãos.

A cigana abriu os olhos. Um olhar vazio recaiu sobre Jaqueline.

— Eu não tive culpa. Eu não pude fazer nada...

A sala começou a rodar, o ar começou a faltar, um calor tomou conta do ambiente. A respiração de Jaqueline estava pesada; o coração, acelerado. A vidente à sua frente passou a ser um borrão e, então, escuridão.

— Samara, acorde... — Uma voz masculina dizia em seu ouvido.

Mas ela não tinha forças. Estranho, nem tinha bebido tanto. As luzes da danceteria piscavam sem parar, a música soava estridente em seus ouvidos. Ela só queria sair dali, mas não conseguia nem ao menos mover um dedo.

— Você quer que eu te leve embora?

Ela balançou a cabeça afirmativamente.

No caminho, o amigo falou muito, mas pouco foi ouvido, quase nada foi entendido.

— Aquele cara deve ter te drogado.

Isso ela entendeu.

— Obrigada... — conseguiu murmurar antes de apagar.

Acordou novamente quando sentiu o carro parando. Estava em casa. A mãe, preocupada, já abria o portão. O amigo a pegava no colo para levá-la para dentro de casa.

De repente, discussão, gritos, briga feia. Abriu os olhos e viu a mãe chorando, a boca do amigo sangrando. O pai segurando uma arma. Aquela cena fez jorrar adrenalina nas veias de Samara e ela despertou.

— Para de mentir! — O pai gritava. — O que você fez com a minha filha?

O amigo deu um passo à frente, as mãos abertas em sinal de que estava tudo bem, de que era melhor conversarem. Um estampido. Jaqueline pulou sobre o corpo do amigo no chão. A boca borbulhava sangue. A mancha vermelha se espalhava na camisa branca e úmida de suor. Certeiro no tórax.

— Foi pela sua honra, minha filha.

— Ele não fez nada. Só me protegeu.

O pai arregalou os olhos, surpreso. Trancou-se no quarto. Novo estampido.

Jaqueline pulou na cadeira da vidente, acordando de seu transe. Todo seu corpo tremia. Fazia muito tempo que ela não revivia aquela noite.

Desabou a chorar. Madame Gris esperou que a jovem se recompusesse. Tomou a mão direita.

— Futuro de dúvidas, mas confie na sua intuição. Perdoe a si mesma. Cuidado para não repetir o passado.

Jaqueline limpou os olhos e saiu da tenda.

Daxton a esperava com um amigo.

— Jaqueline, esse é Ryan.

Ryan a olhou de cima a baixo. Sorriu e passou a língua nos lábios.

— Posso te pagar uma bebida, minha linda?

"*Cuidado para não repetir o passado*", as palavras da cigana ressurgiram em sua mente.

Jaqueline, por instinto, achegou-se ao lado de Daxton e tomou sua mão. Olhou para trás, por cima do ombro e viu uma placa em frente à tenda.

"Madame Gris sabe o Passado.

Madame Gris sabe o Presente.

Madame Gris sabe o Futuro."

— Como foi lá dentro? — Daxton perguntou, feliz e constrangido por segurar a mão da amiga.

— Resumidamente: ela sabe de tudo, ela não mente.

A RUIVA DO MUSTANG VERMELHO

EDSON GOMES PEREIRA

Maio de 1985

Um surto de tornados nos Estados Unidos e Canadá, conhecido como surto de Tornados de *Barrie Outbreak*, classificação F5, que ocorreram em Ohio, Pensilvânia, Nova York e Ontário. Foram contados 44 tornados, sendo 14 só no Canadá. O *Outbreak* deixou um rastro de destruição por onde passou nos dois países com 90 mortos e 281 pessoas feridas.

Um Ford Mustang vermelho com uma mulher ruiva ao volante cruzava em alta velocidade as estradas tentando fugir da tempestade que teimava em persegui-la. Tempestade esta que ia se tornar mais um twister de grandes proporções na região de Ohio. As nuvens se agrupavam como um balé de terror numa velocidade impressionante e a escuridão estava tomando conta de tudo na região. Postes de luz eram arrancados e os fios chicoteavam no ar como se tivessem vida própria por onde o tornado passava. Um fim de tarde de céu límpido se transformou em uma noite de uma hora para outra.

Cinco meses depois

Havia crianças fantasiadas de vampiros, bruxas, caveiras e até múmias acompanhadas de seus pais na mais famosa feira itinerante de Halloween da América. Elas corriam de um lado para o outro por entre os visitantes com as suas travessuras. Barraquinhas com guloseimas, jogos de argolas e tiros ao alvo eram os mais concorridos por elas por causa dos prêmios que poderiam ganhar, se tivessem sorte. Desde grandes bolas coloridas até grandes unicórnios de pelúcia.

A noite estava estrelada, temperatura amena e tudo dizia que seria um sucesso o evento. Os donos das barracas estavam comemorando os lucros a olhos vistos, pois eles atendiam os clientes com sorrisos estampados nos rostos. A cada minuto chegava mais gente em carrões abarrotados de crianças que gritavam ao ver todos aqueles brinquedos da feira.

Numa das tendas de adivinhações do parque itinerante, um cigano alto adentrou apressado e encontrou Madame Gris tranquila de mãos postas, olhando para um ponto qualquer diante dela, apesar de ser cega.

— Ainda não apareceu ninguém, madame!

— Mas vai aparecer, Grayson. Ainda é cedo — disse ela com voz fraca, levantando uma das mãos lentamente. — Daqui a pouco ela estará aqui.

— A senhora disse "ela"?

— Sim, eu disse!

Apesar de ver a mãe uma vez a cada dez anos, o cigano se surpreendia sempre com as previsões da velha de cabelos grisalhos e pele castigada pelo sol. "*Como ela consegue fazer isso?*", pensou ele.

— Sou uma bruxa! Uma bruxa boa! — respondeu ela, sorrindo.

— Está lendo os meus pensamentos de novo, mãe?

— Não faço isso sem autorização do cliente.

— Entendi! — *Tô sabendo que somente com autorização.*

— Você quer saber como ela é?

— Quero!

— Ela se chama Abby Morgan. É uma mulher de altura mediana, cabelos ruivos encaracolados, olhos azuis-piscina e está trajando uma camiseta branca lisa de mangas, calça jeans desbotada e tênis branco. Entendeu o que eu disse, Grayson, ou quer que eu repita?

O cigano ficou a olhá-la com admiração. *Sim, ela era uma bruxa. Uma bruxa poderosa.* Madame Gris esboçou novamente um sorriso confiante.

— Entendi, sim, senhora!

— Foi o que eu imaginei. Ah, não cobre os dez dólares dela e não comente sobre sua roupa e cabelos encharcados d'água.

— Por que não cobrá-la, madame? Ela não vai fazer uma consulta? Por que ela virá com a roupa e cabelos encharcados d'água?

— Sim, ela vai fazer uma consulta, porém não terá dinheiro para nos pagar. Sobre a roupa e os cabelos você deve ignorar. Somente isso!

— Mesmo assim a senhora fará a consulta?

— Sim, farei!

— Tudo bem! — disse o cigano, saindo da tenda, não entendendo o porquê da não cobrança e das roupas molhadas, apesar de ter dito que tinha compreendido.

Grayson voltou para fora da tenda e lá ficou a esperar na entrada a estranha cliente encharcada da Madame Gris.

A trinta e uma milhas de distância do parque itinerante, Abby Morgan guiava o seu Ford Mustang SVO pela rodovia principal a 68 milhas por hora, com o intuito de fugir da tempestade que estava vindo em sua direção. Ela olhava pelo retrovisor interno, vez por outra, para ter uma noção de que distância estava da cortina cinza da chuva forte de granizo.

— Merda! — praguejou ela, vendo que a tempestade se aproximava mais rápido. — Preciso de um lugar para me abrigar.

Ela passou a quinta marcha e pisou fundo no acelerador fazendo o Ford dar um solavanco para a frente e deslizar na estrada saltando dos 68 para as 86 milhas por hora. O motor turbo do Mustang roncou forte, fazendo o cabeçote de 8 válvulas de fluxo cruzados e 175 cavalos de força se afastar temporariamente do perigo de ser engolido pelo vento forte e dos primeiros granizos, do tamanho de amêndoas, que começavam a bombardear o capô.

Abby conseguiu, pela primeira vez, ter uma distância razoável da tempestade que a perseguia, mas, mesmo assim, ela precisava encontrar um lugar para se abrigar. Quando o Ford deu um solavanco aumentando a velocidade, o porta-luvas abriu e uma foto que estava dentro saltou para o banco do carona. Sem tirar os olhos da estrada à sua frente, Abby a pegou com a mão direita, mantendo a esquerda no volante, e deu uma olhada. Era uma foto instantânea tirada por uma Câmera Polaroid Supercolor 635 no ano anterior, num parque temático com a família na Flórida. Nela estavam o marido Michel e o casal de gêmeos Knox e Barbara.

— Meu Deus! Onde vocês estão? — perguntou a si mesma com os olhos marejados. — Já procurei em todos os lugares e não encontro vocês.

Nesse exato momento, Abby conseguiu ver, apesar da velocidade de seu Mustang, uma placa de beira de estrada que dizia o seguinte:

NÃO PERCA A CHANCE DE CONHECER A MISTERIOSA MADAME GRIS!

A CIGANA QUE SABE DE SEU PASSADO, DO SEU PRESENTE E REVELA O SEU FUTURO.

NO PARQUE DE ATRAÇÕES A DOZE MILHAS DAQUI.

Abby passou o braço sobre os olhos molhados pela chuva e a placa já não era mais a mesma, ela tinha se transformado numa propaganda de imobiliária na região de Ohio.

Se ela é tão boa assim, então deve saber onde estão o meu marido e os meus dois filhos. Pensou a ruiva, ainda pisando fundo no acelerador do Ford.

Não demorou muito para o Mustang da ruiva chegar ao destino. Assim que o carro entrou na feira, Abby se assustou quando freou diante da tenda da Madame Gris. Uma poeira seca se ergueu sob os pneus. Ela olhou para as pessoas que andavam pela feira e constatou que todos estavam secos e tranquilos.

O cigano olhou o carro parando diante dele e deduziu: *carro vermelho, mulher ruiva e toda encharcada d'água. Madame Gris acertou novamente.*

— Boa noite! É aqui que eu encontro a Madame Gris? — perguntou a mulher molhada, depois de descer do carro, olhar o céu por algum tempo e se dirigir ao grande homem diante da tenda.

— Boa noite, senhora Abby Morgan. Sim, aqui a senhora encontrará a Madame Gris! — disse ele, apontando para o tripé com um banner promocional.

A mulher deu dois passos para trás, assustada.

— Como você sabe o meu nome?

— Madame Gris está esperando você! — respondeu o cigano, sorrindo. Ele adorava fazer as pessoas se assustarem, como a mãe fazia com ele sempre uma vez a cada dez anos. — Por favor, senhora! — concluiu Grayson, a convidando a entrar com um movimento de mãos.

Abby colocou as mãos nos bolsos da calça jeans, depois de ver o valor de dez dólares no banner.

— Não se preocupe! Ela sabe que senhora não tem dinheiro.

— Mesmo assim, ela quer me atender?

— Sim, senhora! Ela sabe de sua preocupação. — A última frase dita ficou por conta dele, para aguçar cada vez mais a curiosidade da visitante.

O homem puxou o tecido de entrada da tenda e a ruiva entrou olhando o entorno, antes de pousar os olhos na velha.

— Sente-se, Abby — pediu Madame Gris.

Ainda impressionada, a mulher se sentou, depois que o cigano apontou a cadeira à sua frente e saiu silenciosamente.

— Como a senhora sabe o meu nome? — repetiu ela a pergunta que tinha feito ao cigano na entrada, e depois se sentou.

— A placa que você viu na estrada, quando fugia da tempestade, dizia: "*A cigana que sabe de seu passado, do seu presente e revela o seu futuro*"... não era isso o que dizia lá?

— Sim, senhora!

— Você está preocupada com o seu marido e seus filhos.

— A senhora sabe se eles estão bem?

— Sim! Eles estão muito bem!

— Graças a Deus! — disse a ruiva, levando as mãos ao rosto, emocionada e aliviada. — Onde eles estão?

— Na casa de sua mãe Mary, no norte do estado.

— Por que ele as levou para lá? Os tornados estão espalhados por toda aquela região até o Canadá.

— Não! Os tornados não estão mais lá há muito tempo!

— Como não? Eu estou fugindo deles, desde que se formaram hoje cedo.

— Nós estamos em 31 de outubro.

Abby se encostou na cadeira, desconfiada.

— A senhora está brincando comigo. Hoje não é 31 de outubro, e sim 31 de maio.

— Eu não brinco com coisa séria, Abby. Hoje é Halloween, 31 de outubro de 1985.

— Não é possível! Eu entrei de carro para buscá-los no lago hoje e não os encontrei.

— E nunca mais vai encontrá-los.

— Do que você está falando?

— Me dê as suas mãos!

— O quê?

— Me dê as suas mãos!

Muito receosa, a ruiva estendeu as mãos e pousou sobre as mãos enrugadas castigadas pelo tempo de Madame Gris. De repente, imagens começaram a se formar na mente da mulher, como se fossem um flashback.

Abby estava em casa com a mãe e preocupada com o marido e os filhos que tinham saído para pescar no lago. Elas ficaram sabendo da grande tempestade que estava vindo do Canadá pelo noticiário da televisão.

— Para onde você vai? — perguntou a mãe, depois de ver a filha pegar as chaves do carro do pai, que estava fora do país, sobre o móvel da sala.

— Vou avisar Michel para sair do lago e vir para casa com as crianças.

— Não vai dar tempo, filha! Disse na tevê que as tempestades estarão aqui em uma hora, no mais tardar duas.

— Não quero deixar a minha família à própria sorte, mãe. Vá para o abrigo, que eu voltarei — disse ela saindo às pressas pela porta.

Mary ficou olhando a filha partindo em disparada estrada afora com o Ford Mustang vermelho.

— Proteja ela, Deus.

Abby pisou fundo no acelerador, mas a tempestade estava vindo mais rápida do que os meteorologistas haviam dito na tevê. Rajadas fortes de vento acompanhadas de chuva de granizo bombardeavam o carro, fazendo-a perder o controle na pista molhada. A ruiva segurou firme no volante e um grande estrondo a fez acordar do transe.

— O que aconteceu depois? — Abby abriu os olhos, encarando a velha cigana.

— Vá lá fora. Olhe o seu carro e saberá!

— O que tem ele?

— Vá vê-lo!

Abby saiu às pressas da tenda e se deparou com o carro todo destruído. O teto estava afundado como se uma mão gigante tivesse socado de cima para baixo, a traseira e a frente também estavam irreconhecíveis e os vidros para-brisa dianteiro e traseiro não existiam mais. Ela correu em direção a ele e viu bastante sangue no banco do motorista. Em estado de choque, ela voltou para a tenda, olhando para o cigano, que não a olhou de volta.

— O que significa aquilo? O que a senhora fez com o meu carro?

— Eu não fiz nada! Você fez!

— Eu fiz? — questionou-se Abby com os olhos cheios de lágrimas.

— Sim! Você não percebeu que seu carro nunca precisou parar num posto para abastecer esse tempo todo? Não percebeu também que nunca chegou ao lago onde estavam o seu marido e filhos? Não percebeu que nessa viagem toda fugindo, você não viu uma viva alma em seu caminho nem de carro nem caminhando pela estrada? Percebeu que é a única pessoa molhada aqui?

Depois de pensar em todas as perguntas de Madame Gris, Abby tentou, sem sucesso, enxugar com a manga da camisa as lágrimas que teimavam em escorrer.

— Isso significa que eu não verei mais o meu marido, os meus filhos e a minha mãe?

— Sim! Não os verá mais!

— O que farei agora?

— Agora que está ciente do que aconteceu contigo, você precisa voltar para dentro da tempestade. O seu tempo acabou por aqui.

— Meu carro está destruído!

— Você dará um jeito. Acredite em mim.

— Obrigada, Madame Gris! — respondeu Abby, saindo da tenda com um tom tristonho na voz e cabeça baixa.

Dois minutos depois o cigano entrou na tenda para dizer que a Abby pegou o carro e foi em direção à tempestade, que sumiu junto com ela.

— Que bom! Mais uma cliente satisfeita — disse a velha postando as mãos novamente.

Grayson não tinha a menor ideia de como a mãe fazia aquilo. Tinha menos ideia ainda de como conseguiu também ver a moça morta. Teria ele aberto visão, ou seria ainda algum dos truques de Noturno? Isso ele não sabia. Pelo menos não até que fosse ele a ser preso pelo medalhão.

— Ela não pareceu ser de muito alimento para o Noturno, mãe... — disse olhando para a mãe, que estava agora embaralhando as cartas de tarô.

— E não foi. Mas quando você estiver no meu lugar, meu filho, vai perceber que, às vezes, essas almas perdidas precisam ser guiadas. E isso nós atraímos, não somente o Noturno da Alma.

— Não consigo entender como uma alma morre e fica presa sem saber...

— Não se pode ir reto quando a estrada é curva... já bem dizem nossos provérbios, Grayson. A alma dela seguiu mais reto do que o carro... mas agora, acredito que consiga visualizar as curvas.

Um muxoxo foi ouvido por eles, ecoando pela tenda, seguido por um som meio roncado, e não precisaram dizer nada para saber o que era. Noturno tinha fome.

O cigano deixou a tenda e vestiu seu melhor sorriso, voltando a chamar seu público. A noite ainda estava apenas começando.

GATILHO

ANA CLARA BARREIROS

Capítulo 1 — Parque de Diversões

Lewie era uma moça divertida, tinha um humor sarcástico e por vezes maldoso que fazia sucesso entre os amigos do colégio. Seus vários amigos costumavam elogiá-la pela sua inteligência. Sempre tirava as melhores notas e resolvia problemas complicados.

Justamente por esse motivo não gostava do Halloween e das lembranças evocadas por ele. Jamais entendeu o que aconteceu no seu décimo Halloween. Jamais se lembrou ou resolveu a charada que eram os dias antes de acordar no hospital.

Hoje, aos 17 anos, ainda não sabe ao certo se tinha sido sonho ou pesadelo o que viu ao cair. Tinha sido boba ao escolher seguir o gato da vizinha. Ele a levara para uma área da cidade ainda em reparos.

Quando o gato saltou para dentro do buraco na pista asfaltada, Lewie se ajoelhou e tentou olhar mais perto. Até que caiu. Ou pensou ter caído. O que se sucedeu depois da queda sempre foi, para ela, uma espécie de enigma. Algo complicado e sombrio.

Sabia apenas dos fatos. Acordara no hospital 7 dias depois. E muita coisa havia mudado na cidade. Outras 7 crianças estavam desaparecidas. Todas tinham sido vistas pela última vez naquela parte da cidade. Como ela.

Foi tirada de seus devaneios pela voz aguda de Jessica, que gritava eufórica: “chegamos”. No banco de trás do carro; tinha os ombros envolvidos pelo namorado, Kevin. Ele parecia não compartilhar da mesma animação, mas ainda assim estava feliz pela moça.

Do banco do carona olhara vez ou outra durante a viagem pra Joey. Concordara em acompanhar o melhor amigo na difícil tarefa que era segurar vela para o casal-ternura. Não sabia ao certo o que os dois fariam num parque de diversões, mas estava disposta a tentar ser legal.

Desceram do carro e perceberam quão alegre e multicolorido era o festival. Entraram e, antes que pudessem perceber, se dividiram em duplas. Jessica e Kevin, majoritariamente Jessica, queriam namorar na roda-gigante.

— E aí, topa atirar em algo peludo? — Joey sugeriu, apontando com a cabeça para a tenda que continha diversos bichos de cores e tamanhos diferentes. Pareciam ser o prêmio para quem acertasse o alvo usando as espingardas e as balas de borracha disponíveis.

— Por que não? — respondeu enquanto, percebia, Joey já estava bem mais próximo da tenda e pagava pelo jogo. Deu dois passos na sua direção quando sentiu um vento frio que arrepiou os pelos da nuca. Ignorou a súbita mudança de temperatura e seguiu adiante.

Joey errou todos os alvos. Típico.

— Me dá isso aqui, você tem a mira péssima — disse Lewie.

Ao se aproximar e tomar a arma das mãos do amigo, sentiu seu calor quando os dedos se tocaram. Tentando ignorar a proximidade de seus corpos e o olhar insistente de Joey sobre si, mirou e disparou. Uma. Duas. Três vezes.

Ouviu os aplausos e confirmou o que já sabia. Tinha acertado precisamente todos os alvos. E o que faria com tanta pelúcia idiota ela não sabia. A vontade era explodir cada uma das cabecinhas adoráveis.

Saíram dali com os braços repletos de animais fofos. Um maior que o outro. Discutiram, sem ver o rosto um do outro, tamanha era a pilha nos braços de cada um, o que fazer com tudo. Podiam, é claro, largar no carro.

Optaram pela ideia mais empática e seguiram circo afora dando ursinhos para as crianças. Em algum momento Lewie deve ter se distanciado de Joey. Não percebeu quando.

Estava se desfazendo do último bichano, curiosamente um gato, quando reparou estar numa área mais vazia do parque. As luzes piscavam e ali o barulho, tanto da música quanto das pessoas, parecia menor.

De repente, percebeu uma tenda listrada. Não parecia estar ali um momento antes. A tenda em tons de roxo e lilás parecia abandonada, apesar da luz convidativa que saía dela. O letreiro dizia um nome. Só algumas letras acesas, outras tinham lâmpadas queimadas.

Madame Gris. Não teria entrado, não fosse o ímpeto que sentiu. Não sentia nada assim havia anos. Não desde o dia em que seguiu o gato. O dia em que caiu e só acordou depois, sem lembranças.

Capítulo 2 — Cartas

— Boa noite, Lewie. Demorou bastante para entrar. — A voz rouca a surpreendeu. A imagem da dona da voz a fez sentir calafrios. Ser recebida daquela maneira a fazia sentir uma familiaridade suspeita.

A mulher era baixa e velha. Enrugada, tinha a pele marcada pelo sol. Ela se vestia como uma cigana de um filme e tinha as mãos, os dedos esguios e tortos, sobre a mesa redonda e vazia no centro da tenda.

Queria perguntar como a velha sabia seu nome, mas sentia que isso devia ser algum truque de circo. Coisa pouca e irrelevante. Sentou-se de frente para a velha cigana carregando um sorriso debochado nos lábios.

— A senhora vai ler minha mão e dizer que hoje conheço o amor da minha vida?

Os olhos da velha demoraram alguns instantes até encontrarem os seus. Só então percebeu. A tal Madame Gris era cega. Os orbes verdes e cristalinos pareciam nublados pela idade. Sentiu vergonha de ter feito pouco de seus serviços.

— Ah, não se acanhe, menina. Não tenha pena de mim só pela cegueira. Eu ainda vejo bem. Só que de outras formas. — Era como se a velha tivesse lido sua mente. Sentiu frio, mesmo em pleno verão. — Você parece não acreditar nas leituras das mãos. Que tal as cartas? — Antes que Lewie negasse os serviços da cigana, percebeu o baralho sobre a mesa. Ele não estava ali um momento antes.

Capítulo 3 — Passado

Seguindo as orientações de Madame Gris, Lewie dividiu o deque de cartas, que pensou se tratar de tarô, em três partes. Assim que virou a primeira carta da primeira pilha, sentiu-se zonza. Na carta se lia a palavra "queda" e via-se a ilustração de uma menina caindo num buraco no asfalto.

Madame Gris permanecia impassível, inalterada pela semelhança da carta com o passado. Com um aceno, instigou Lewie a prosseguir. A carta seguinte chamava-se "troca" e representava uma menina de frente para um espelho. A menina era uma. A refletida no espelho, outra.

As cartas a derrubaram num passado que não compreendia e que queria esquecer. Foi sentindo uma dor aguda que tocou a nuca, onde, lembrava agora, tinha levado uma pancada quando caiu. Ou antes de cair. Tocou o braço esquerdo e sentiu algo metálico que não estava encostado ali agora, mas que um dia esteve. A arma. Lembrou-se dela.

Capítulo 4 – A outra

Lewie não compreendia as cartas à sua frente. Queda. Troca. Gatilho. Não fazia o menor sentido e devia ser alguma piada de mau gosto. As cartas à sua frente contavam uma história da qual ela preferia nunca ter se lembrado. Mas lembrou.

Quando tocou a carta "troca", se lembrou perfeitamente da tranquilidade com a qual tocou a arma. Lembrou-se de perceber quão simples seria dispará-la contra alguém. Lembrou-se de ter sentido vontade de fazê-lo.

Nos sete dias seguintes à queda e à pancada na base da nuca, sempre às três horas da tarde, levara outras crianças, suas amigas, até lá. Empurrava, uma a uma, buraco abaixo, e então descia.

Dia após dia, disparou a arma. Até as balas acabarem. Até a sétima criança desviar e empurrar contra a parede. Até bater a cabeça ali e não se lembrar de mais nada. Acordou mais tarde no hospital. Sem memória de nada, retomou sua vida.

– Então eu matei as crianças? – perguntou, trêmula.

– Você sabe que sim. Sempre soube – respondeu, tranquila, Madame Gris.

– E quem cuidou dos corpos? – indagou, percebendo agora não conhecer a si própria.

– Você também sabe a resposta.

Os olhos cegos de Madame Gris foram a última coisa que Lewie registrou antes de sentir seu mundo girar. Ao cair da cadeira, bateu forte a cabeça.

Capítulo 5 – Halloween – 7 anos antes

Carrie tinha 10 anos, assim como a maioria das meninas de sua turma. Só não tinha amigos como a maioria. Era chamada de estranha e frequentemente excluída das brincadeiras e conversas entre as crianças de sua idade.

Apesar de tão sozinha, reparava em tudo, em todos. No terceiro dia percebeu que algo vinha acontecendo. Já havia um boato sobre duas meninas não terem voltado para casa de tarde. Não foram vistas desde então.

Os pais de Carrie não queriam que ela continuasse saindo. A maioria dos pais não queria que seus filhos saíssem de casa, na verdade. O problema era a falsa sensação de segurança imposta pela cidade pequena, alguns diziam.

Apesar de tudo, Carrie saiu de bicicleta pela cidade naquele dia. Viu Lewie buscar Becky em casa e achou a forma como conversavam curiosa. Decidiu seguir as duas e por isso viu quando Lewie empurrou a amiga buraco abaixo. Ouviu o disparo logo em seguida.

Carrie não sabia que podia pedalar tão rápido até sentir que precisava fazê-lo. Fugiu dali e chegou em casa atordoada. Não se permitiu falar sobre. Teve medo e não sabia com exatidão do quê.

Apenas só quatro dias depois que contou aos pais. Só depois de saber que Lewie estava hospitalizada e que tinha alguém tomando conta dela. Sentia medo. Não queria ser mais uma das meninas empurradas buraco abaixo. Não queria se tornar uma desaparecida.

Passou os anos seguintes tentando evitar Lewie a todo custo. Os olhos não se pareceram nunca mais como naquele dia. Ainda assim, Carrie sentia medo. Sentia-se ameaçada pelas lembranças.

Talvez, se soubesse de tudo que ocorreu naquele Halloween, se soubesse quem era a figura por trás de tudo, sentisse mais medo ainda. Talvez se não tivesse corrido naquele instante, se tivesse visto a figura puxando Lewie pela mão...

Capítulo 6 — Jack

Aos 31 anos Jack já tinha adquirido prática em reconhecer outros como ele. Sabia os olhares e trejeitos frequentes. As histórias semelhantes. Não teve dúvidas quando viu a menina que aparentava não ter mais do que dez anos. Sabia que ela só precisava de incentivo.

Se ele usasse a força certa, ela logo seria uma boa companhia. Ainda arquitetava as últimas partes de um plano quando a sorte lhe sorriu de modo macabro. A viu descer a rua seguindo o gato.

Tão distraída e infantil, não percebeu sua aproximação. Quando se deu conta de sua presença ela já estava sendo acertada na nuca pela arma, que foi então depositada, carregada, próxima de seu corpo adormecido. Ajeitou o capuz e voltou para casa.

Jack a observou desde então. Ouviu e se deliciou com cada disparo. Com cada ação. Pensou em como ela era metódica e previsível. Podiam melhorar isso juntos. Podiam ficar juntos.

Capítulo 7 — Gatilho

Quando Lewie levantou da cadeira, a tenda estava vazia. Melhor assim, pensou.

Então Madame Gris também sabia da verdade da qual ela agora se lembrava. Uma, duas, três, quatro pessoas. Contou mentalmente. Primeiro teria que cuidar de uma pendência antiga. Carrie. Depois cuidaria da menina que escapou e só então da velha.

Com tudo resolvido, poderia enfim procurar pelo homem de capuz. Eles se dariam bem, percebia agora. Eles tinham, afinal, o mesmo senso de humor.

FATUM REVELATUM EST

TAUÃ LIMA

Era mais uma noite de Halloween e uma lua cheia, com o brilho amarelado intenso e o céu estava limpo e estrelado. Parecia que as estrelas dançavam no firmamento. Um vento frio outonal soprava preguiçosamente, movendo as poucas folhas que restavam em algumas árvores do local e trazendo consigo alguns arrepios. Alex, finalmente, havia chegado ao local em que o parque estava instalado.

O jovem, de pouco mais de dezessete anos, ouviu sobre a atração e, como na pequena cidade nunca havia nada de novo, resolveu aproveitar. Como era quinta-feira, não havia a necessidade de chegar mais cedo em casa e poderia aproveitar um pouco mais a noite. Ao descer de seu carro, os olhos correram em direção ao local e, antes que pudesse dar o primeiro passo, sentiu como se algo estivesse fora do lugar. Mesmo que parecesse, por alguns instantes, confuso, havia um prelúdio de que algo estranho fosse acontecer.

Ainda assim, preferiu não dar muita atenção e chegou a pensar que era apenas o cansaço de uma semana intensa de provas que se manifestava. Os letreiros luminosos chamavam a atenção para os mais diversos brinquedos e atrações que o parque trazia. Havia de tudo, desde os túneis de terror, até roda-gigante, carrossel e alguns brinquedos que ele sequer conhecia. À medida que entrava no local, pôde sentir o cheiro de pipoca amanteigada que inundava todo o espaço. Simplesmente, para Alex, as pipocas eram a melhor atração que o parque poderia ter.

Como era de se esperar, o local estava apinhado de gente. Parecia que toda a cidade resolvera aproveitar as atrações do parque naquela noite de outono. As crianças, aproveitando a data comemorativa de Halloween, corriam de um lado para o outro fantasiadas. Dos brinquedos, ouviam-se os gritos dos pagantes e filas enormes estavam formadas aguardando o revezamento nas atrações. A casa de espelhos, sem dúvidas, era a que possuía a maior fila e todos pareciam estar determinados a aproveitar os brinquedos.

Vez por outra, podia-se escutar os homens convidando o público para a atração, prometendo uma mistura de medo, de pavor e o melhor que os parques mais modernos poderiam oferecer de entretenimento. Para Alex, porém, a maior atração era a pipoca do parque. Os baldes preenchidos até a boca com pipoca eram o sonho de consumo do jovem que, mesmo um pouco deslocado, resolveu fazer o que, para ele, seria o melhor investimento: comprar um balde grande.

Como não seria diferente, a carrocinha de pipoca mais próxima, também, estava com uma fila gigantesca. Não havia muito o que se fazer, além de entrar na fila e aguardar o momento de ser atendido. Cerca de dez minutos depois, finalmente, chegou a vez de Alex, que pediu um balde cheio e com porção extra de bacon e manteiga na pipoca. O pipoqueiro tinha uma aparência meio estranha. Aparentando ter pouco mais de cinquenta anos, os olhos apáticos contrastavam com as mãos ligeiras e o uniforme tradicional. Ainda assim, a figura, por si só, chamou a atenção de Alex.

— Olha quem está aí!

Mesmo que surpreendido, Alex, de maneira intuitiva, olhou em direção ao dono da voz conhecida.

— Não acredito que você veio também — disparou Alex em direção a Adam, um amigo de escola.

— Resolvi vir. Era a melhor programação que teríamos para a noite.

— Sem dúvida. Para variar, a cidade está toda aqui.

— Sim, não é difícil.

— Então, você vai a algum brinquedo, Adam?

— Ainda não me decidi. Por enquanto, estou apenas andando e vendo qual mais me chama a atenção. Há muitas filas e eu não tenho muita paciência para esperá-las.

— Vamos, então, dar uma volta pelo parque.

Por cerca de dez minutos, os dois caminharam entre os brinquedos e as atrações até que chegaram a uma parte mais recuada do parque. Havia algumas tendas e barracas no estilo *freak show*. Desde mulheres contorcionistas e homens engolidores de espadas e tochas acesas até o que era anunciado como as maiores excentricidades do mundo conhecido. Havia de tudo um pouco. Contudo, o que mais havia chamado a atenção dos dois jovens era uma tenda um pouco mais distanciada e parcialmente encoberta pelas trevas da noite.

Ao caminharem em direção à tenda, os dois reparam no tecido listrado e a placa com pouco luminosidade que anuncia o nome da cigana: Madame Gris. Postado à porta da tenda, havia um homem com vestimentas semelhantes às de cigano e com uma expressão convidativa e que instigava a todos que estavam na proximidade a ter o passado, o presente e o futuro revelado pelas artes ocultas de Madame Gris. Curiosos com todo aquele cenário, Alex e Adam foram em direção ao homem.

— Boa noite, senhores! — disparou o homem com a voz aveludada e os olhos esverdeados.

— Boa noite! É uma tenda cigana? — indagou Alex.

— Não, meu jovem! Não é uma mera tenda cigana! É a tenda de Madame Gris. Ela conhece o passado, o presente e o futuro!

— Isso é enrolação, Alex. Vamos embora daqui! — disse Adam.

— Bem, Sr. Alex, eu te desafio a entrar e não ficar impactado com as revelações que Madame Gris fará sobre sua vida! — prosseguiu o homem de aparência magra e os lábios finos, em tom claramente instigante.

— Adam, não temos nada a perder. Vamos aproveitar. Eu sou curioso demais — rebateu Alex.

— São apenas dez dólares adiantados — disse o homem, estendendo a mão em direção a Alex, com um sorriso de canto de boca.

— Dez dólares? Sério?! Você só pode estar brincando. Isso é muito caro — disparou Adam.

— Estão aqui os dez dólares, senhor — Alex respondeu, colocando a nota nas mãos frias do homem.

— Você não vem, Adam?

— Não, eu prefiro ficar aqui do lado de fora esperando você. Eu não acredito nessas coisas.

Ao cruzar o portal da tenda, um cheiro cítrico intenso invadiu as narinas do jovem. Era um cheiro aprazível e, ao mesmo tempo, extremamente instigante. Os olhos curiosos corriam de um lado para o outro, milimetricamente avaliando toda a decoração do recinto. Cartazes amarelados cobriam uma das paredes da tenda e anunciavam o que parecia ser a cigana, em sua juventude, como aquela que era capaz de revelar o oculto e desnudar o futuro.

— Boa noite, Alex! — disse a mulher cuja aparência revelava o peso da idade e que parecia, pelos traços, ser mãe ou mesmo avó do cigano que guardava a entrada da tenda.

— Boa noite, Madame Gris! Como a senhora sabe meu nome?

— Seja muito bem-vindo a este lugar.

Alex reparava que, de um móvel que estava atrás da mulher, elevava-se uma sinuosa e esguia fumaça, advinda do incensário. Sobre a mesa, repousava um velho e gasto baralho cigano, acompanhado de alguns cristais e de uns símbolos que o jovem não conseguia discernir.

— Gosta do cheiro cítrico?

— Como a senhora sabe?

— Então, Madame Gris sabe o passado, o presente e o futuro. Não há absolutamente nada que eu não conheça.

Mesmo um pouco cético com toda aquela propaganda que a velha mulher fazia, Alex puxou uma cadeira e se assentou diante dela. De perto, a mulher parecia ser ainda mais velha, com a pele castigada pelo sol e com diversas manchas e sinais.

— Como a senhora sabe meu nome?

— Não precisa ficar espantado. Neste lugar, não há nada que não seja revelado a mim nem mesmo escondido de minhas cartas. Interessante, muito interessante... então, meu jovem, qual o motivo de tanto ceticismo? Por qual motivo você não acredita?

O jovem ainda tentou esboçar uma reação, mas não conseguiu e apenas exibiu um sorriso de constrangimento diante daquele cenário.

— Não precisa me responder. Vamos à leitura do tarô. Corte o baralho em três montes e, depois, mentalize intensamente quais são as perguntas que você quer que sejam respondidas. Só para confirmar, posso revelar o que o futuro tem preparado para você, Alex? — indagou a velha mulher com um sorriso inquisidor na face esquálida.

Após o jovem fazer de acordo com o que lhe foi orientado, a mulher habilmente iniciou uma série de combinações de cartas e espalhou, em formato de cruz, o jogo inicial para Alex.

— Meu jovem, muito interessante ver o que o futuro te revela. A minha indagação é simples: você quer realmente saber ou prefere ficar na ignorância daquilo que o destino tem lhe preparado?

— Claro que eu quero!

— É uma pena que a boca afirma uma coisa, mas o coração diz outra. Ainda assim, vou te dizer o que o futuro lhe prepara. Primeiro, ele não será seu...

— Ele? Quem é ele?

— O homem que te aguarda ali fora. O destino manda te dizer que o teu futuro e o do jovem não estão unidos. Há um corte no caminho de vocês, repleto de sangue, choro e sofrimento.

Pela eternidade de um segundo, Alex sentiu o coração acelerar intensamente e a respiração ficar um pouco ofegante. Como ela podia saber dos sentimentos dele por Adam? Absolutamente ninguém sabia dos sentimentos que ele nutria por seu amigo.

— Não precisa ficar constrangido, jovem. As coisas que são reveladas aqui, por aqui mesmo ficam. Posso continuar?

— Sim, pode — respondeu Alex com a voz embargada.

— Lamento muito ser eu a te dizer isso, mas o destino não lhe será generoso no amor com seu amigo.

— Por qual motivo?

— O destino é caprichoso. Para alguns, ele dá tudo: fama, riqueza, amor, dons e muita prosperidade; para outros, ele dá apenas um pouco de cada coisa; para outros, ainda, ele não dá nada.

— Posso perguntar o que seria o corte que a senhora menciona?

— Claro, Alex. O corte significa que o destino, por conta

própria, vai criar uma forma de afastar vocês dois. Eu vejo, no tarô, que vocês terão uma história de amor, mas ela não vai durar e vai terminar de uma forma muito trágica. Mesmo estando meio nebuloso, a contar deste ano, 1985, ele terá apenas mais cinco anos de vida. A vida dele é curta.

Alex sentiu os olhos encherem de lágrimas e uma solitária rolar pelo rosto. Chegou, por um segundo, a duvidar se tudo aquilo poderia ser verdade ou se não se tratava apenas de um engodo muito bem arquitetado por uma velha mulher cigana e sua arte de enganar. Neste meio-tempo, o cheiro do incenso havia mudado de cítrico para um odor de rosas brancas, intenso e letárgico.

— Infelizmente, Alex, a vida é assim mesmo.

— Há uma grande ironia na vida — rebateu o jovem com a voz pesada.

— Na verdade, passamos pelas provações que são necessárias a nós neste mundo terreno. Não nos é dado nem mais nem menos do que podemos suportar, por mais sofrido que isso possa ser.

— *Fatum revelatum est*, o destino está revelado da forma que ele quer — disparou Madame Gris.

— Eu tenho receio de perdê-lo antes mesmo de tê-lo.

— Ainda assim, não tenha medo de falar com o homem que está ali fora o que você sente, mesmo que pareça estranho. As cartas me dizem que ele só aguarda isso para se declarar a você. Nem sempre a resposta é aquela que queremos, mas nos é dado aquilo de que precisamos.

Depois das revelações da cigana, o jovem saiu e, mesmo que tivesse a certeza da brevidade da vida de Adam, não poderia deixar de viver a intensidade do sentimento que habitava em seu coração. Se o destino estava revelado, ele sabia, a partir de então, o que teria que fazer para viver a intensidade daquilo que almejava com Adam...

REVELAÇÃO MACABRA

S.R. SALDANHA

John Stewart despertou com dor de cabeça. Ligou o rádio e a música "We are the world" tomou conta do ambiente. Ela fora lançada no início do ano e desde então era executada à exaustão.

Ele viu que já estava anoitecendo. Dormira por seis horas depois do almoço.

Como neste ano a insônia se transformara na sua companheira constante, tinha aprendido a dormir nas raras horas em que o sono vinha. Não importava se era noite ou dia.

O fato de não precisar trabalhar ajudava nisso. Morar sozinho também.

A história de vida dele passava por uma tragédia. Ele morou na sua cidade natal até o evento que causou a morte de seus pais e de seu irmão menor.

A casa deles pegou fogo quando John tinha apenas dezesseis anos. Ele sobrevivera por estar na casa de um amigo naquela noite.

A polícia e os bombeiros não souberam definir a causa com exatidão. Talvez um curto-circuito na instalação elétrica ou um foco de fogo que se espalhou. Crime ou acidente? Inconclusivo. A família não tinha inimigos e o pai de John estocava galões de gasolina na garagem.

Os três corpos carbonizados foram retirados apenas depois de as chamas serem extintas.

O rapaz foi levado para morar com o irmão da falecida mãe.

Assim que terminou os estudos e atingiu a maioridade, John optou por sair da casa do tio e ganhar o mundo em aventuras.

Seu tio lhe deu o dinheiro da indenização do seguro pela morte da família. Uma boa soma em dinheiro.

Então o rapaz passou a circular pelos Estados Unidos sem fincar raízes.

Até que se cansou dessas aventuras e se estabeleceu naquela pequena cidade do interior. Isso já há dois anos.

Agora já era o ano de 1985 e John completou 30 anos. Justamente no dia do Halloween.

Fazer aniversário no dia dessa festividade nunca foi bom para ele. Lembrava-se de que, na sua infância, a sua festa sempre era preterida pelas comemorações do Dia das Bruxas.

Os seus pais até lhe davam presentes, mas a decoração da festa era sempre com temas do Halloween.

John sacudiu a cabeça para se livrar das lembranças e tomou um analgésico.

Sempre tivera sono agitado e cheio de pesadelos. Talvez por isso evitasse dormir. As noites em claro contribuíram para que a insônia se instalasse.

Mas ele agradecia por isso. Para que dormir se o sono não era reparador?

Nos últimos dias, depois que sofria com os costumeiros pesadelos com mortes e criaturas terríveis, uma imagem começou a se tornar constante nos minutos que antecediam o seu despertar.

Ele via uma senhora de uma magreza que chegava a causar calafrios. Ela possuía os cabelos grisalhos e se vestia com roupas de aparência cigana. Mas o que mais impressionava nela eram os olhos verde acinzentados e cristalinos com as írises esbranquiçadas. John logo notou que ela era totalmente cega.

Ela apenas o fitava e dizia com a voz rouca:

— Venha até a minha tenda no parque itinerante. Eu acabarei com os seus pesadelos lhe revelando as causas. Venha na noite de Halloween. Procure Madame Gris!

John nunca acreditou em nada dessas besteiras de adivinhação e magia, mas não aguentava mais os pesadelos e a dor de cabeça que sentia após acordar.

Nenhum médico fora capaz de lhe trazer alívio ou solução para aquilo. Só levaram o seu dinheiro.

Então ele decidiu que não custaria nada ir até aquela bosta de parque itinerante. Provavelmente nem encontraria a tal madame no local. Gris. Isso lá era nome de gente?

O rapaz tomou banho e se trocou colocando uma camiseta da banda de rock Men at Work.

Uma calça de sarja cinza e um tênis cano alto preto de lona completaram o seu visual. Roupas escuras contrastavam bem com a sua pele levemente bronzeada.

Ajeitou os cabelos curtos e negros com um pouco de gel e se olhou no espelho.

Os seus olhos também negros brilharam e ele pensou que não seria ruim se arrumasse alguma mulher naquele parque. Elas costumavam se soltar e beber mais nesses lugares e ele poderia dar sorte.

Mesmo com o desaparecimento recente de algumas mulheres nas cidades vizinhas, uma atração daquelas chamaria muita gente. E o policiamento oferecido pelo severo xerife James tranquilizaria todos.

John entrou em seu carro e se dirigiu ao tal parque.

Estacionou o automóvel e deu uma olhada geral. As duas viaturas da polícia local estavam ali.

A primeira coisa que sentiu foi o cheiro inconfundível de pipoca e algodão-doce. Brinquedos diversos produziam sons variados que se misturavam aos gritos e risos da multidão que lotava o local. Parecia que a população inteira da cidade estava lá.

John comeu um cachorro-quente e circulou entre as atrações.

Já tinha até se esquecido do que viera fazer ali quando viu a tenda cigana com um jovem forte à sua frente. Ele tinha cabelos negros compridos presos por uma bandana e as roupas bem coloridas chamavam a atenção.

John estranhou, pois já havia passado várias vezes por ali e não vira aquela tenda toda feita por um tecido listrado em branco e roxo.

O jovem, olhando diretamente para ele, falou bem alto:

— Aproximem-se todos! Aproveitem essa noite linda para aproveitar essa oportunidade única em sua cidade. Talvez nunca mais voltemos aqui. Quer saber algo de seu passado, presente ou futuro? Vidas passadas? Esse é o lugar certo. Madame Gris sabe tudo! Madame Gris não mente. Nada lhe é oculto.

Assim que escutou o nome, John teve um calafrio. Era o mesmo nome do sonho.

O jovem cigano lhe estendeu a mão e falou com a voz potente:

— Venha, jovem. Se livre do que o atormenta. Madame Gris tocará a sua alma.

John já ia entrar decidido na tenda quando o cigano colocou a mão em seu tórax e disse:

— Tudo isso por dez dólares. Adiantado.

Ele achou um absurdo a quantia exigida, mas dinheiro não era problema para ele. Em suas andanças, soubera multiplicar a pequena fortuna que herdara.

Sacou a nota de sua carteira e estendeu a mão. O cigano a apanhou rapidamente e abriu a tenda para que ele entrasse, dedicando-lhe o melhor sorriso.

Assim que entrou, John sentiu o cheiro forte de incenso no ar. Pareceu-lhe ser de alecrim. A decoração era a esperada numa tenda cigana.

Nisso se abriu uma cortina que dividia a tenda em duas e a senhora de seus sonhos apareceu exatamente igual.

Ela abriu os braços e falou com a mesma voz rouca de que o rapaz se lembrava:

— Venha, John Stewart. Sente-se nessa cadeira.

— Como sabe o meu nome?

— Madame Gris sabe tudo.

— Nem eu sei o que vim fazer aqui. Não acredito nessas coisas de ciganos.

— Prefere continuar com os seus pesadelos?

Nesse momento, John sentiu que a situação era no mínimo inusitada. Não podia mais negar que havia algo de sobrenatural naquela mulher.

— Como soube dos meus pesadelos e como entrou na minha mente me chamando para vir aqui?

— Às vezes o Noturno da Alma me leva em sonho até lugares onde sou necessária. Foge do meu controle. Simplesmente acontece.

— O que faço agora?

— Olhe para a pequena bola de cristal que se encontra na mesa à sua frente.

John encarou o objeto místico e, a princípio, nada aconteceu. Notou que os olhos sem vida da velha pareciam se refletir na esfera.

Mas logo, para a sua surpresa, uma névoa pareceu se formar aos poucos no globo de cristal. Logo a sua visão se turvou e se sentiu transportado para outro lugar.

Ele se viu em frente à casa onde morou até o acontecimento fatídico que custou a vida de sua família. Era madrugada e um vulto se esgueirava do lado de fora.

Usava um moletom preto com touca cobrindo a cabeça.

John viu que era um homem branco. Mas não conseguia ver o seu rosto.

Logo o estranho se dirigiu até a garagem e se apoderou de um galão de gasolina. Então, ele abriu a porta da sala. Como, ele não entendeu. Devia possuir uma daquelas chaves mestras.

John viu que ele espalhou o combustível pela casa toda, incluindo os quartos.

Depois deixou o galão novamente na garagem.

Viu ele parecendo dançar enquanto jogava um isqueiro na poça de gasolina da cozinha.

Saiu para o exterior do imóvel e ficou observando o fogo se espalhar por todos os lados.

Logo a fumaça cobria tudo e o assassino se virou com um sorriso no rosto.

Foi aí que John teve a maior surpresa de sua vida ao descobrir que o assassino era ele mesmo...

Sua memória foi restaurada por completo.

Sua mente agira criando uma outra personalidade dentro dele.

Agora ele se deslocou no tempo novamente e viu-se estuprando e assassinando várias mulheres nas suas andanças pelo país.

A sua dor de cabeça neste último ano, era ele se rebelando contra o seu outro eu assassino.

As mulheres dos arredores da cidade também eram vítimas dele.

John despertou do transe vendo os olhos de Madame Gris fixos nele.

— Descobriu a causa de seus pesadelos?

— Saia de perto de mim, sua louca. Me fez ver mentiras! — gritou ele.

— Madame Gris não mente jamais. O que precisava ser feito, eu já fiz. Pode se retirar e conviver com a sua verdade.

— Deveria matá-la, bruxa!

Mal proferiu essas palavras e sentiu as mãos fortes de Grayson, filho da cigana, levantando-o até a altura de seu rosto. Não sabia como ele aparecera de repente.

Grayson não exibia mais o sorriso sedutor de quando atraía clientes para a tenda.

— Saia daqui e não volte mais. Você teve o que veio buscar. Nada mais, nada menos.

John olhou assustado para aquele homem, que parecia ainda maior agora, e saiu sem dizer mais nada.

Estava com os pensamentos em turbilhão.

Tinha pouco tempo para fazer o que era certo.

Olhou para trás e não viu mais a tenda da cigana maldita. Era como se nunca tivesse estado ali.

Sua dor de cabeça aumentou até quase não poder suportar mais.

Então viu o xerife James conversando com dois de seus auxiliares encostado em uma barraca de tiro ao alvo.

Encaminhou-se na direção deles. Cada passo era um esforço sobre-humano. Logo perderia o controle de seus atos.

O xerife viu o rapaz vindo e notou que algo estava errado. Ele parecia estar transtornado. O desespero cobria as suas feições.

— Xerife, me ajude. Estou perdendo o controle.

— Calma, rapaz. Estamos aqui. O que aconteceu?

— Eu sou um assassino. Me prenda logo.

— Para de besteira, John. Eu o conheço desde que se mudou para a minha cidade.

— Não estou conseguindo conter ele dentro de mim. Procure provas no meu quintal. Achará os corpos enterrados.

John se ajoelhou com a cabeça entre as mãos e começou a chorar.

Mesmo não acreditando no rapaz, James fez sinal para que um de seus auxiliares se aproximasse de John.

Michael, ou Mike, como os amigos o chamavam, aproximou-se de John tranquilamente e se ajoelhou apoiando as mãos nos ombros do jovem. Ele já fora em várias festas com aquele rapaz brincalhão e gente boa. Não havia razão para temer algo. Deveria estar bêbado apenas.

John levantou a cabeça e os seus olhos brilharam. Não existia hesitação em seus movimentos.

Ele abraçou Mike pela cintura, aparentando estar se recompondo. De súbito, se apossou de seu revólver e disparou à queima-roupa, atingindo o peito do rapaz, que o olhava sem acreditar.

Um sorriso maldoso estava estampado no rosto do assassino.

— O que fez, John? — perguntou-lhe o xerife enquanto sacava a sua arma.

— John é um frouxo. O meu nome é Stephen. Decore o nome do homem que acabará com a sua vida.

James já apontava o revólver quando ouviu o disparo e sentiu o aço lhe queimando a carne.

Enquanto ele caía, Stephen já atirava no outro auxiliar, atingindo-o na testa.

A multidão começou a correr desesperada. Stephen ainda atingiu um homem com um disparo certeiro. Apenas por diversão.

Então virou-se de costas e já se preparava para fugir do local quando ouviu a voz do xerife:

— Para onde pensa que vai, seu maldito?

Stephen virou como um raio com a arma pronta para matar de vez aquele xerife desgraçado. Mas não teve tempo.

Três balas penetraram em seu corpo seguidamente.

O xerife levantou-se apalpando o ombro esquerdo ferido e se aproximou do moribundo.

— Xerife, agradeça à Madame Gris.

E John fechou os olhos pela última vez.

James coçou a cabeça e pensou:

— Que raios de Madame Gris é essa que ele falou? Deixa pra lá. Deve ser delírio.

O xerife ordenou uma busca pela propriedade de John e, logo que os cães começaram a latir, ele se preparou para ligar para o FBI...

FUTURO OBSCURO

VERGÍNIA VELOSO

Quinta-feira à noite e Gary estava no parque com a sua namorada, Donna. Era noite de Halloween, em pleno ciclo da lua cheia. Eles decidiram participar das celebrações dessa data especial no lugar que havia virado a sensação da cidade desde a sua chegada. Várias pessoas lotavam o parque nos fins de semana e os comentários despertavam a curiosidade nessa pacata cidade do interior dos Estados Unidos. Além disso, também havia outro motivo para ser celebrado: Gary acabara de receber a notícia de que havia sido aceito na melhor universidade de Medicina do país. Estava exultante de alegria e nada do que acontecesse poderia demovê-lo dessa alegria (pelo menos era isso que ele acreditava).

Depois do passeio na roda-gigante, fizeram uma pausa para tomar um refresco e, enquanto caminhavam, depararam-se com uma tenda listrada de cores chamativas e com um cartaz escrito: "Madame Gris sabe o passado, o presente e o futuro. Venha ver o seu destino".

Do lado de fora havia um cigano muito bem-apessoado, com roupas tão coloridas quanto a tenda e que anunciava a plenos pulmões que Madame Gris poderia tocar as regiões mais profundas da alma de seu consulente, além de não mentir jamais e decifrar os conselhos que os oráculos apresentavam, desde que o pagamento fosse feito adiantado.

A voz do cigano soou como um chamado para Donna, que, em seguida, comentou que seria incrível se eles fossem juntos ver a Madame Gris. Gary consentiu com a cabeça e, quando chegaram na entrada da tenda, o cigano estendeu a mão, informou que seriam 10 dólares por pessoa e avisou que poderiam entrar juntos ou separados. Enquanto Gary fazia o pagamento, Donna sentiu um arrepio e apertou a mão dele.

Ele voltou o seu olhar para ela e perguntou se estava tudo bem. Ela disse que sim, mas que gostaria então que ele fosse primeiro e ela iria depois. Gary sorriu e garantiu a Donna que não havia nada a temer. Concordou em entrar primeiro e disse a ela que em instantes estaria de volta, afinal ele já sabia o que iria perguntar e já sabia a resposta. Ele se voltou para o cigano e perguntou-lhe se poderia tomar conta de Donna enquanto estivesse na tenda.

O cigano fez uma reverência e, ao estender a mão para afastar o tecido da entrada da tenda, respondeu:

— Fique tranquilo, nenhum mal sequer chegará próximo a ela enquanto eu aqui estiver.

Com a outra mão fez um gesto, parecia desenhar um símbolo no ar, mas Gary não identificou o que era. Deu um beijo no rosto de Donna e reforçou que voltaria logo. Outro calafrio percorreu o corpo de Donna, dessa vez com mais intensidade, o que fez com que ela tivesse a nítida impressão de que nunca mais veria Gary. Essa sensação a deixou apavorada e, por isso, agarrou Gary em um abraço apertado e pediu:

— Por favor, volte logo! Estou com uma sensação ruim. Não quero perder você!

— Olha só — disse o rapaz. — Eu vou entrar para te mostrar que não tem nada demais e certamente estarei aqui antes mesmo de você terminar o seu refresco.

Ela concordou e, ao se soltar dos braços de Gary, ele entrou na tenda. O cigano fechou a entrada e um silêncio profundo tomou conta da alma da Donna.

A penumbra do lugar e o cheiro do incenso foram as primeiras percepções de Gary. O aroma verde e terroso lembrava a floresta que permeia a cidade e no centro da tenda havia uma cigana sentada em uma mesa redonda, com uma bola de cristal no meio. De forma muito acolhedora, ela estendeu a mão para a cadeira que estava do outro lado da mesa, convidando-o a se sentar, e disse:

— Bem-vindo, meu jovem! Aproveito e expresso meus cumprimentos por sua aprovação, Gary, na universidade de Medicina. Parabéns!

O rapaz ficou surpreso com a recepção e, enquanto se sentava, perguntou como ela sabia seu nome.

— Madame Gris sabe tudo o que houve, tudo o que há e tudo o que haverá e jamais mente — disse ela.

Enquanto seus olhos se acostumavam com a pouca luminosidade, Gary notou os cabelos grisalhos e ondulados dela e a sua pele manchada e enrugada, de uma pessoa bem idosa e ao mesmo tempo gentil. O que mais lhe chamou a atenção foram os olhos, pois ao fitá-los ele pôde observar que eram verdes-esmeralda e que Madame Gris era cega. Em meio a mais essa surpresa, ele comentou que, já que ela sabia tudo, ele gostaria de saber se finalmente ficaria muito rico sendo médico e assim deixaria de vez aquela vida sem graça e pobre daquela cidade insignificante, e complementou que ele sabia que isso iria acontecer, já que era um excelente aluno e certamente se formaria com louvor, portanto, seria bem-sucedido.

Madame Gris respondeu:

— Você pode escolher o meio: cartas, búzios, bola de cristal, sua mão... mas especialmente na noite de hoje, quando o véu entre os mundos se abre, o que lhe será revelado pelo Noturno da Alma não há controle. Você terá acesso ao que precisa saber e não ao que quer saber. Seja o que for, lembre-se: Madame Gris não mente! Uma vez decidido e a escolha feita, não há mais volta. Você terá que ir até o fim! Gostaria de prosseguir?

— Ah, sim! Por mim, tudo bem! É tudo a mesma coisa! Vamos em frente! Sem problemas! — respondeu Gary. — Pode ser a bola de cristal mesmo!

— Que assim seja! Decidido está! Olhe para a bola de cristal e, independentemente do que você vir, não desvie o seu olhar e não mude o foco. No momento exato você retornará, nem antes nem depois.

Gary fez uma menção de querer perguntar algo: "como assim, retornar?", mas logo ficou quieto ao ver o gesto da Madame Gris pedindo silêncio e apontando para o centro da mesa.

Voltou o seu olhar para a bola de cristal, onde podia ver o seu rosto refletido de forma nítida. No momento em que Madame Gris começou a pronunciar algumas palavras indecifráveis, a imagem do seu rosto foi mudando lentamente, ficando cada vez mais enrugado, cabelos grisalhos e até óculos. Nesse instante, o corpo de Gary ficou imóvel, como se fosse uma estátua e o seu espírito foi sugado para dentro da bola de cristal.

Ao se dar conta de que estava em outro espaço, Gary logo percebeu que sua forma passou a ser etérea. Tentou identificar que lugar era aquele. Seu coração disparou e começou a bater forte. Ele percebeu que na verdade não estava tendo uma visão, mas estava inserido nela. Em um primeiro momento, pensou que estava em uma igreja, mas ficou confuso porque as igrejas que já havia frequentado eram lugares cheios de pessoas que se alternam, ora conversando, ora ouvindo o sermão. Nesse lugar havia um altar, mas que espécie de igreja ou culto seria aquela? Em vez de pessoas, a igreja estava cheia de caixões e podia-se observar que todos estavam lacrados. Um homem vestido em uma batina preta, profundamente abatido e com uma expressão extremamente triste, passava em um por um e mencionava algo em latim e ele não entendeu. O clima fúnebre perturbou-o profundamente e logo pensou que certamente houvera um massacre nesse lugar.

Um grupo de quatro rapazes entraram carregando mais um caixão. Pelo gesto, Gary compreendeu que aquele era o último e resolveu acompanhá-los quando se retiraram para descobrir de onde esses caixões estavam vindo. Seu atual estado permitia que acompanhasse o caminhão flutuando acima dele, e outro detalhe chamou novamente a sua atenção: por onde passavam, ruas, parques, pontos de ônibus, tudo estava vazio. Onde estavam as pessoas desse lugar?

Chegou a um lugar estranho, que nunca tinha visto antes. Tendas enormes estavam espalhadas em um campo aberto e, dentro delas, uma grande movimentação de pessoas paramentadas com roupas ainda mais esquisitas, meio que plastificadas, com seus rostos cobertos e olhares aflitos. Gary levou um susto porque por um instante ele podia jurar que havia visto o seu pai como um dos plastificados. Dirigiu-se para uma parte mais afastada das tendas grandes e na menor se deparou com uma das cenas mais aterrorizantes de sua vida. Havia dois grupos de pessoas: um estava conversando com os plastificados e chorando copiosamente, gritando que queriam ver e abraçar alguém. O outro o deixou aterrorizado. A expressão no rosto de algumas pessoas era estarrecedora e elas pareciam verdadeiros zumbis, como aqueles do filme *A Volta dos Mortos-Vivos*, a que ele havia assistido dois meses antes. Ao estar frente a frente com um deles, Gary se deu conta de que não podia ser visto por eles, o que em nada minimizou sua dor, pois o vazio do olhar deles era tão profundo que penetrava na alma de Gary e o deixou intrigado — o que poderia ter causado tamanho terror? Seus pensamentos foram interrompidos pelo barulho dos motores do caminhão sendo ligado, e ele resolveu segui-los novamente para descobrir mais pistas.

Percebeu logo que o caminhão havia parado em um cemitério. Não havia dúvidas! Logo atrás, outros caminhões também foram estacionando. Não demorou muito a identificar que os sacos descarregados embrulhavam corpos, que foram levados para uma enorme vala. Sentiu um calafrio subindo-lhe a espinha e pensou "esta só podia ser a visão do Apocalipse" e que o Anjo da Morte estava em todo lugar!

Observou duas pessoas que pareciam ser jornalistas, pois uma segurava um microfone. Conversavam em um inglês sofrível. Aproximou-se delas e, do que pôde compreender, deduziu que o mundo havia sido tomado por uma ameaça-fantasma, algo que não tem forma visível e que chega sem avisar, com a capacidade de invadir e dominar o corpo de qualquer pessoa, tornando-o frágil até levá-lo à morte.

De repente, em uma fração de segundo, Gary acordou do seu transe e estava de novo na tenda do parque. Sentia-se meio zonzo e atordoado com tudo o que tinha visto e, ao olhar Madame Gris, despejou:

— Então é isso, você me leva para o fim do mundo! Esse é o futuro? Minha vida acabará nesse sofrimento e agonia?

Madame Gris, com sua voz rouca e calma, respondeu:

— Não, o que você viu não é o fim do mundo! Além do mais, não existe fim... apenas a transição para um novo começo. Não, o que você viu não é "o" futuro e sim apenas uma "parte" dele. Não confunda a parte com o todo. Você esteve em uma parte de 2020. Quanto a sua vida acabar nesse sofrimento e agonia... — Ela interrompeu a fala e embaralhou as cartas do tarô.

Ainda intrigado, Gary perguntou por que o seu pai estava todo plastificado naquela enorme tenda.

Madame Gris separou três cartas e alinhou uma do lado da outra com a face da imagem voltada para baixo, e explanou:

— Não, a pessoa que você viu não era o seu pai. Era você!

Ela segurou e virou a primeira imagem para cima.

— A carta da Morte. Haverá uma grande transformação, principalmente nos seus valores e crenças, que afetará diretamente suas atitudes. Não resista. Será inútil. Noturno revela que os motivos que o levam a escolher sua profissão precisam ser revistos e expandidos.

Ao virar a segunda carta, havia uma imagem de uma jovem segurando a boca de um leão. Madame Gris complementou:

— A força necessária para enfrentar tal situação está a sua disposição, está em você. Portanto, é perfeitamente possível não sucumbir ao que viu e sobreviver para contar essa experiência, mas para que isso aconteça... — Ela virou a última carta, o Diabo. — Só dependerá única e exclusivamente de você. É uma questão de escolha pautada no seu comportamento. Não se iluda! O que você viu é real e deve ser tratado com seriedade. Suas ações refletirão a sua escolha e o seu destino.

Gary começou a pronunciar uma palavra, mas foi imediatamente interrompido pela Madame Gris:

— Agora vá! Sua pergunta já foi respondida e preciso atender outros. Siga o seu caminho em paz e que o Noturno de sua Alma encontre a luz de que tanto necessita.

Sem dizer uma palavra por ainda estar atônito, Gary se levantou e se dirigiu para a saída da tenda. Abraçou forte sua namorada. Seus olhares se cruzaram. Ele sorriu e disse que estava tudo bem e que gostaria apenas de caminhar um pouco. Donna mergulhou no olhar dele e teve um pressentimento de que estava certa. Esse Gary que saiu era diferente daquele que havia entrado e, compreendendo a sua necessidade, disse que estava com fome e gostaria de comer algo.

Naquela noite, 31 de outubro de 1985, Gary teve pesadelos ao dormir e isso se repetiria algumas vezes pelos próximos anos.

— Alma boa... futuro ruim... — Noturno falou, parecendo até mesmo ter pena do homem que havia acabado de sair.

— Existem questões no futuro desse mundo que nós não podemos controlar, Noturno.

— Noturno espera que moço saiba o que fazer agora... futuro tem gosto amargo e ruim...

— O conhecimento é a maior riqueza que se almeja. Saber utilizá-lo é ser rico eternamente. É um ensinamento do meu povo. Ele tem o conhecimento. Agora cabe a ele decidir o que faz com ele. — Ela esboçou um sorriso leve, arrumando sua mesa para receber o próximo cliente enquanto Noturno começava a adaptar o cenário novamente.

— Gris não parece com medo do futuro...

— Possivelmente não estarei viva para viver esse futuro, Noturno. Mas conto com você para proteger meu filho e os filhos dele quando chegar a hora...

Um silêncio tomou a sala. Noturno esteve sozinho por tanto tempo antes de Daiena aparecer, e gostava tanto da companhia da cigana que pareceu frustrado em se lembrar de que um dia ela iria embora.

O clima pesado se desfez quando a cortina da tenda se abriu e a próxima cliente entrou, nervosa.

VINGANÇA

UDINE TAUSZ

Hope acordou já sentada na cama, puxando o ar como se ele lhe tivesse sido repentinamente roubado dos pulmões, gritando para o nada e para ninguém. Levou a mão ao peito como se fosse infartar e tentou relembrar o pesadelo pavoroso que provocara toda aquela sensação de despedaçamento. O problema é que, frequentemente, acordar assim a fazia esquecer o sonho em si, deixando apenas a sensação de medo e desconforto. Desconforto, não. Desespero.

Levantou-se da cama ainda tentando respirar normalmente e quase caiu de volta, tão instável era seu equilíbrio. Esperou alguns minutos para se acalmar, e então foi à cozinha fazer um chá.

O relógio marcava 4h30 de uma madrugada fria, mas não invernal. Ainda era outubro e Hope deu um salto (metafórico, como se a alma lhe houvesse saltado de dentro do corpo) ao ver que era a madrugada do dia 31. "Noite dos mortos", pensou. Um papelzinho grudado ao calendário lembrava-lhe de que, naquela noite, um parque estaria na cidade.

O Halloween era a festa mais esperada por todos e festas em parque de diversões eram parte da programação. Crianças corriam para pegar doces e fazer travessuras. Ela e seus amigos iriam ao parque que todos os anos vinha à cidade. Fantasiados, claro.

Hope terminou o café e voltou para a cama. Passava pouco das cinco e calculou que podia dormir mais um par de horas. O chá a acalmara, como era de se esperar, mas ainda estava inquieta. Pegou seu walkman e conferiu a fita cassete que estava no aparelho: A-ha! Certamente Morten Harket e "Take on Me" a fariam ter um sono tranquilo.

O dia passou rápido e Hope mal conseguiu dar conta de todas as suas tarefas a tempo de se preparar para ir ao parque. Precisava confessar que, ao contrário dos outros anos, não estava com tanta vontade assim. Uma sensação de desconforto apertou seu peito, como se sua intuição quisesse dizer a ela que algo não estava certo. Hope suspirou, parada no meio da sala com a vassoura na mão. Então respirou fundo e disse a si mesma que estava apenas cansada da noite interrompida. Não ligou a sensação ao pesadelo. Naquele momento, mal se lembrava dele.

Hope saiu do chuveiro e encarou a fantasia estirada sobre a cama. Adorava fantasias. Aliás, podia-se dizer que se alimentava delas... enrijeceu o corpo à lembrança que sobreviera ao momento de alegria, trazendo uma sombra espessa que a fez franzir o cenho. "Por que me lembrar disso agora? Já faz tanto tempo", pensou consigo mesma.

Vestiu-se. Havia escolhido se fantasiar propositalmente daquele que remetia ao Halloween e que atormentara Jamie Lee Curtis durante um filme inteiro; suas intenções esta noite, entretanto, eram as mais tranquilas — apenas se divertir no parque.

Às nove da noite em ponto, seus amigos, pontuais como sempre, já estavam à sua porta, todos fantasiados, cada um mais bizarro do que o outro.

O parque estava lotado, como ficam todos os parques em dias festivos. Carrocinhas de cachorro-quente e algodão-doce traziam um clima retrô, contrastando com os últimos sucessos do momento que explodiam nas caixas de som: Tears for Fears, Madonna e Wham!, entre outros. O cheiro de pipoca estava por toda parte. E naquela noite estavam todos fantasiados para terem desconto na entrada e passe livre em alguns dos brinquedos, tudo por causa do Halloween.

Apesar do barulho intenso, da música e da algazarra, ouvia-se claramente a voz de um apresentador, daqueles dos circos antigos, anunciando uma atração. Hope seguiu a direção da voz e deu com uma típica tenda de cartomante. A Tenda de Madame Gris. Nunca antes houvera uma tenda de cartomante nos parques. Hope tremeu; não acreditava em cartomantes e coisas do gênero, mas alguma coisa naquele chamado a deixava nervosa.

Aquela voz — impactante, sedutora de um jeito assustador — parecia querer atrair sua alma para o buraco mais profundo dos infernos. "Não vou entrar naquela tenda", disse a si mesma. "Nunca".

— Venham, venham todos. Madame Gris revela o presente, o passado e o futuro. O mais doce dos desejos, o mais escondido dos pecados, nada é segredo para Madame Gris!

— E tem quem acredite...

Hope quase engasgou de susto com a repentina interrupção da ladainha pela voz de um dos amigos. No minuto seguinte, Harry tomou-a pela mão, puxando-a em direção à tenda.

— Não, Harry! Pare com isso! — Conseguiu protestar, mas o amigo animado apenas riu.

— É só uma grande bobagem, Hope. Vamos nos divertir!

Na fila, cercada pelos amigos, Hope se viu sem escapatória, tremendo e suando frio. Tentou se acalmar e procurou a lógica de sempre, repetindo que essa história de sobrenatural era bobagem, uma completa tolice. Era impossível que a tal Madame soubesse dos segredos que carregava. Nunca contara a ninguém, nunca ninguém sequer desconfiara. Fizera tudo com o maior cuidado. Seria impossível que a velha cigana pudesse conhecer qualquer parte de sua vida, já que nunca fora a nenhuma cartomante, vidente ou coisa assim.

Seus amigos riam e provocavam-se, falando de segredos escondidos e revelações terríveis. Hope, tensa, respondia com um riso torto e monossílabos.

— Todo mundo tem segredos. — Seu amigo Harry deu uma risada macabra. — Só quero ver o que Madame sei-lá-o-quê vai me dizer... muahahahaha!

Hope tremeu. Todo mundo tem segredos. E ela tinha segredos.

Não teve tempo de encontrar nenhuma saída. Quando viu, seu amigo a acompanhava até a porta da tenda e estendia os dez dólares da entrada.

— Dez dólares! — Harry assoviou, espantado, olhando em seguida para Hope. — Tem que valer a pena, hein?

O cigano ajeitou a lapela da jaqueta e arrumou o chapéu, sorrindo de um jeito estranho para Hope. A roupa colorida, mas elegante, parecia hipnotizar quem se aproximasse. Nem todos os passantes, porém, eram atraídos para a fila que já ia longe.

— Um de cada vez — informou, indicando a entrada.

Harry fez um gesto galante, dando passagem a Hope.

— Primeiro as damas. — E os dois, amigo e cigano, inclinaram-se.

Antes de entrar, Hope olhou mais uma vez para trás, tentando se esquivar. Seus amigos a encaravam de um jeito provocador. O cigano lhe sorria com um olhar vitorioso e uma expressão dúbia e desafiadora. Hope não tinha como fugir. Entrou na tenda, repetindo para si mesma que estava nervosa à toa, que nada iria acontecer, que estava tudo bem.

No interior da tenda, nada do que ela esperava. Havia uma mesa no meio do espaço e sobre ela vários oráculos, alguns que Hope nem conhecia, e uma bola de cristal. Clássico. Sobre o encosto da cadeira, xales coloridos. A fumaça perfumada de incenso criava um clima místico que combinava muito com a decoração, pontilhada de brilhos e faixas coloridas.

— Venha... venha, Hope! Venha descobrir seu passado, presente ou futuro com Madame Gris. Os oráculos revelam tudo! O tempo é uma coisa só. Os segredos não têm lugar aqui! — E Madame Gris gargalhou, a mesma gargalhada dúbia que pôde adivinhar nos olhos do cigano da porta.

Hope não conseguiu conter seu espanto. "Como ela sabia o seu nome? Ah...", pensou, tentando se tranquilizar. "Era óbvio que o cigano devia ter ouvido alguém chamá-la pelo nome e transmitiu a ela de algum modo. Vamos ver o que vem agora!".

— Madame Gris sabe ler no tecido do tempo. Madame Gris sabe ver no invisível.

Hope se sentou, relaxando imediatamente. O papinho de toda cartomante. Vejo tudo, sei tudo, blá-blá-blá... e riu, irônica. No segundo seguinte, percebeu seu erro.

— Ah, o passado. As amizades... tsc, tsc. Nenhuma amizade resiste à inveja e a um coração mau! — e soltou outra gargalhada infame.

— Do que está falando, velha? — cuspiu Hope, assustada.

— Aí está! Aí está! Madame Gris sempre acerta no seu alvo!

A cigana se aproximou. Era velha. Os cabelos grisalhos, ondulados e brilhantes escapavam do lenço bordado com moedas e pedrarias, as roupas coloridas e novas, o rosto enrugado, marcado por aquele sorriso macabro que exibia os dentes, estranhamente perfeitos, a pele manchada de sol e as mãos magras que se moviam até graciosamente, mas também ameaçadoras. E os olhos... Hope interrompeu o exame, não podendo encarar aqueles olhos. Aqueles olhos verdes, duros, olhos cristalinos de írises esbranquiçadas — olhos cegos mas que, Hope agora sabia, enxergavam tudo. Todo o horror do seu passado.

— Hope agora vai ter uma conversa com velhos amigos, ou melhor, velhas amigas, não é, Hope? — E, enquanto a gargalhada se espalhava pela tenda, todos os limites pareceram se romper.

A tenda sumira, substituída por uma escuridão quase total, quebrada apenas por alguns pontos luminosos como estrelas em um céu sem lua. O teto, o chão, tudo parecia uma coisa só. E a própria Madame Gris não era mais que uma silhueta recortada na escuridão.

— Hope? É você?

A voz vinha de algum lugar à frente. Uma voz conhecida, que Hope não ouvia havia muitos anos.

— Fay? — Forçou os olhos para tentar enxergar. — Não é possível! — sussurrou.

— É você, Hope?

Outra voz, uma outra voz que também não devia estar lá...

— Lindsay? Não... mas... como? — Hope deu um passo para trás, como se quisesse sair da tenda. Mas onde estava a saída?

E, antes que pudesse fazer qualquer coisa, mais uma voz se juntou às outras duas. Hannah!

— Que palhaçada é essa? — gritou Hope, fora de controle. — Vocês não podem estar aqui! Vocês estão mortas! — rugiu.

— E claro que você sabe disso, não é, Hope — disse a voz de Fay, ainda invisível. — Pois foi você quem nos matou!

— Calem-se! Vocês não podem estar aqui! — Hope tapou os ouvidos, mas as vozes ainda chegavam até ela. — Quem é você, velha?!

— Madame Gris apenas revela a escuridão das almas humanas. — Hope ouviu a voz da velha cigana. — Você achou que escaparia, Hope? Você achou que não viriam atrás de você? As "amigas" que você tirou do seu caminho para conseguir o que queria?

Hope sentiu que apertavam seu pescoço. Sentiu-se sufocar, o ar lhe faltava, exatamente como faltou a Fay, quando ela a sufocou, para tomar seu lugar na equipe de patinação. Ninguém nunca descobrira, ninguém poderia...

— Saber? — A voz de Fay rasgou o ar, dura e afiada. — Mas eu vi! Eu sei! E agora, você vai pagar!

Hope sentiu uma pontada e um rasgo no estômago. Como uma faca rasgando sua carne. Como fizera com Lindsay, para tomar seu lugar no emprego que ambas disputavam.

— N... n... — balbuciou, cuspindo sangue e saliva, enquanto o aperto no pescoço a privava do ar e da vida. — Eu...

— Achou que eu não descobriria? — A voz de Lindsay, áspera e vibrante de tardia vitória, ecoou pelo espaço. — Mas eu descobri!

— E agora, você vai pagar! — Hope pôde ouvir a gargalhada de Hannah, enquanto um líquido de gosto amendoado era derramado em sua garganta.

— A vingança está consumada — declarou a voz da cigana. — Você matou suas amigas, meu bem, e elas voltaram para se vingar. Madame Gris encerrou sua consulta. Nós nos vemos na próxima vida.

Tudo que restou a Hope foi a agonia de uma morte lenta. Ainda não conseguia entender como foi que elas puderam voltar. Estavam mortas! E como a maldita cigana poderia saber?

Sua última visão foi Madame Gris se afastando, acompanhada por Fay, Lindsay e Hannah. O espaço em volta se tornando cada vez mais escuro, conforme as pequenas estrelas iam se apagando. O último som que ouviu foi a gargalhada de Madame Gris, que parecia acompanhada de mais três risadas. Então, tudo escureceu. Para sempre.

"A polícia encontrou o corpo da jovem desaparecida na noite de Halloween em um descampado próximo à rodovia A-67, exatamente no local onde, alguns dias antes, havia um parque. As autoridades ainda não têm um laudo preciso, mas as primeiras evidências sugerem que a jovem foi assassinada. Os amigos e familiares da jovem serão chamados para esclarecimentos."

Harry desligou a TV. Não conseguia acreditar que o corpo encontrado fosse de sua amiga. Vira quando ela saíra da tenda, sem olhar para trás, deixando perplexos os amigos ainda na fila. E não teve mais notícias dela. Até agora. Tentava se lembrar de quando fora a última vez que a vira, mas tudo que vinha a sua mente eram os olhos verdes e o sorriso enigmático de um cigano em um traje colorido e elegante.

A ESTRANHA ESPERADA

JOSY SANTOS

Sara caminhava frustrada. Ir àquele parque idiota tinha sido uma péssima ideia. Chutava uma lata em seu caminho enquanto tentava encontrar a saída em meio àquela música ensurdecedora e feliz.

“Não vou chorar”, dizia a si mesma enquanto lembrava como sua semana havia sido difícil. Embora adorasse ir aprender no colégio, não havia ninguém ali que fosse seu amigo. Ela tivera amigos quando era criança e tentava fazer amizade, mas só duravam pouco tempo. Acabou que ela virou a “nerd”, aquela de quem se aproximavam apenas quando precisavam de ajuda com as matérias.

Foi assim que conheceu Robert. Nem ela acreditou quando o cara mais gato da sala veio pedir sua ajuda em Literatura. Com os dias que ela passou dando aulas extras para ele, pareciam ficar cada vez mais próximos, até que ele a beijou e a convidou para ir no parque itinerante que estava na cidade naquele fim de semana.

Sua mãe desaprovava as aulas e dizia que Robert não era um garoto confiável. O que ela sabia? Hunf! Ele tinha problemas, e que garoto não tinha aos dezessete anos? Só porque ele tinha uma fama de sair com diversas garotas não significava que ela seria enganada.

Não ia ouvir a mãe, ela não o conhecia e ambas não se davam bem havia anos. Precisamente, desde que Amara lhe enviara ao terapeuta infantil aos sete porque dizia que Sara era hiperativa e a entupira com remédios. Aos onze anos, aprendeu a esconder as pílulas e jogá-las no lixo. Foi mais ou menos na época que seu pai se divorciou e foi viver com outra mulher.

Suspirou novamente. Olhou para o alto e viu as luzes da roda-gigante brilhando. Porque sua vida era uma bagunça. Sua mãe estava quase se casando com outro cara e tendo outra família, ela não precisava de Sara lá. Ela sempre perguntava quando a filha ia fazer a prova para a faculdade e sumir de sua vida.

E o pior: ela tinha razão sobre Robert. Na chegada do parque, ele estava lá todo sorridente e ela foi encontrá-lo. Então a levou para um canto e disse que tinha algo especial para ela.

Então todos do time dele apareceram e jogaram serpentina em sua cara enquanto riam. O idiota começou a beijar outra garota enquanto dizia que ela só servia para tirar notas boas e agora o resto do time sabia que era só dar uns beijos em troca. Sara saiu aos tropeções, correndo dali.

Por que nada dava certo? Por que não se encaixava em lugar nenhum?

Seus olhos se enchiam de lágrimas e quase tropeçou em alguém que literalmente surgiu do nada à sua frente.

— Moça linda, veio ler a sorte com Madame Gris? Ela vai mostrar tudo o que você quer saber.

O moreno alto e bonito se vestia como um cigano. Estava tão surpresa que se deixou encaminhar por ele para a abertura da tenda.

— Ela vai tirar essas lágrimas de seus olhos e você verá sua fortuna. Ah, verá, sim! São apenas 10 dólares.

Retirou do bolso constrangida enquanto o rapaz estava com a mão estirada e um sorriso de orelha a orelha esperando.

— Aqui, pode entrar. — Levantou a aba da tenda. — Madame, sua nova cliente.

A tenda cheirava a incenso indiano e parecia um mundo à parte do que estava lá fora. Uma música suave tocava ao fundo. Na mesa no centro havia baralhos, bola de cristal, pedras com inscrições e até um punhado de ossos. A velha senhora de cabelos grisalhos se virou quando ela entrou, revelando os olhos surpreendentemente translúcidos pela cegueira.

— Sente-se, criança. Vamos ver o que o Noturno da Alma revela sobre você. — Sua voz era rouca e nítida, parecia retumbar em um canto escondido de sua alma. Sara encaminhou-se ao banquinho em frente da mesa quase como em hipnose. A traição de Roberto jazia escondida em algum lugar de sua mente. Agora só havia Madame Gris.

A senhora pareceu ouvir algo por um momento... uma voz invisível.

— Hummm.... vamos ver o que as cartas contam para você.

Ela moveu a mão e pegou o monte e o colocou sobre a mesa, embaralhando tudo. Cortou e começou a tirar algumas cartas.

— Vejo que passou por muita coisa para chegar até aqui. Você veio de muito longe, não é mesmo, criança?

Enquanto a vidente falava, Sara se viu hipnotizada pelos seus olhos. Assim como uma bola de cristal ou um portal, ela se viu transportada para outro lugar...

As palavras formavam imagens há muito esquecidas em sua mente. Via a si mesma pequena com três ou quatro anos de idade caminhando em um bosque mais afastado.

Sabia que a criança era ela mesma, mas ao mesmo tempo sentia que não era.

Era um belo dia de sol e seus pais deixaram que ela fosse a um piquenique com seus primos ao visitarem o interior.

Começaram a brincar de esconde-esconde e a garota foi andando atrás das árvores até encontrar um círculo de flores. Era tão bonito que ela se atirou sem pensar no meio dele. Enquanto cheirava uma flor violeta, viu uma outra garota muito bonita com pele clara que parecia o sol.

— Você parece um anjo!

A pequena apenas sorriu e lhe estendeu a mão, que Sara pegou sem pensar. Saíram correndo e de repente não se lembrava mais de onde havia vindo ou se devia voltar, por que e para quê.

Ambas brincaram até cansar com outras crianças iguais ao anjo. Todas muito bonitas, com roupas de um tecido que parecia feito de teias de aranha com luz das estrelas.

As árvores pareciam mais belas e coloridas, e Sara pegou o que parecia uma amora, e o sabor explodiu em sua boca, mais delicioso que qualquer outra coisa que tivesse provado até ali.

Havia tantas crianças, era tão bom ter com quem brincar e pareciam ser todos legais.

Era tudo tão lindo, viu-se pedindo para ficar ali para sempre.

— Pois que assim seja.

Uma moça que nunca tinha visto foi quem falou isso. Ela tinha longos cabelos negros e parecia uma rainha.

— Posso mesmo?

— Pode, sim, mas tem que escolher um dos seus novos amigos para ficar no seu lugar.

— Que lugar?

— Apenas escolha um.

— Escolho ela. — Apontou para o anjo. Ela sorriu, deu um beijo em sua bochecha e saiu correndo.

Nunca mais a viu. Espere aí...

Sacudiu a cabeça. O que estava acontecendo ali? Lágrimas agora escorriam de seus olhos, mas nada tinham a ver com os adolescentes da escola e suas maldades.

A cena em sua mente parecia tão real, mas não podia ser verdade. Se aquilo fosse real, como estaria aqui, agora?

— É uma boa pergunta, criança. Por que você está aqui e não a criança que você mandou pra cá?

— Isso não é verdade. Fadas nem existem.

— Aqui saiu a Temperança, já vejo o que houve. Suas memórias foram alteradas quando você entrou nesse mundo para esquecer de onde veio.

— O quê?! Que sandice é essa?

— Sinto muito, criança. O que foi feito não pode ser desfeito. Agora que você virou humana, não pode voltar para casa.

— Eu não sou uma fada. Meu nome é Sara. E você é uma charlatã!

Levantou-se e saiu da tenda. Onde já se viu uma besteira dessa? Ela, uma fada. Hunf!

O céu estava começando a ficar encoberto por nuvens, o parque estava cheio nesse horário. Muitas crianças no seu caminho carregavam algodão-doce ou maçãs do amor e corriam de um lado para o outro entre as atrações.

Parou de andar quando se viu de frente para a Casa de Espelhos. Como uma corrente de água, as lembranças invadiram sua mente quando viu o próprio reflexo distorcido. Sua vida no mundo das fadas e como, depois de atrair um humano, teve que substituí-lo para a troca ser permanente.

Tudo vinha agora aos borbotões. Ao chegar ali, os pais desesperados procurando por ela. Quer dizer, pela Sara.

Ela dizendo que tinha se perdido e tentando assimilar as novas memórias. Sua ida à escola, a sensação de se sentir deslocada. Seus pais discutindo de quem era a culpa por Sara estar "traumatizada", a decisão de colocá-la na terapia.

As lágrimas agora rolavam por seu rosto sem dó ou trégua. Agora que sabia quem era, não sabia mais o que fazer ou para onde ir. Sem rumo, acabou por voltar à tenda de Madame Gris.

O jovem cigano, como se já a esperasse, apenas abriu a tenda para ela.

Madame Gris a esperava e a acolheu em um abraço, enquanto desabava nas lágrimas de quem sabia que tinha perdido o mundo em troca de algo que não lhe fez feliz.

— O que eu faço agora? Não tenho meu povo e não sou feliz aqui. Não sei o que fazer.

— Você tem a magia no sangue e o dom da vidência também, se treinar para isso, criança. Se você quiser se juntar aos meus, minha família poderá te ensinar, criança. Por que não segue com a caravana e recomeça sua jornada?

Sara sentiu seu coração disparar. Ser uma cigana vidente era a última coisa que pensaria em fazer. Mas o que ela faria então? Não tinha uma família que a amasse, amigos ou um lugar para chamar de lar desde que chegara ao mundo humano.

Uma voz no fundo de sua mente disse: "Por que não?".

Sentia em seu coração o chamado da magia adormecida em sua alma.

Sabia que precisava da magia novamente em sua vida, de qualquer forma, para voltar a se sentir viva. Ela podia fazer aquilo, sabia no fundo de si.

— Sim, eu gostaria de tentar, se vocês me aceitarem.

— Eu já havia visto você há muito tempo, criança. Sua chegada é esperada desde antes de estes olhos perderem a visão.

Mas tudo tem seu tempo, e esse é o seu. Por isso teus pés te trouxeram aqui agora.

Sara não voltou para casa depois disso. No dia seguinte, quando o parque partia, a tenda de Madame Gris já tinha desaparecido e Sara junto com ela.

Amara encontrou uma carta de sua filha no dia seguinte, dizendo que tinha uma entrevista para uma bolsa na cidade vizinha e ela precisava ir com urgência.

Em vez de procurar pela filha, ela simplesmente voltou a fazer planos com seu novo namorado e, depois de um tempo, sempre recebia cartas contando como Sara estava feliz, embora nunca dando seu endereço ou dizendo quando ia voltar.

Com o tempo foi se esquecendo daquela menina esquisita que não era mais a mesma desde que se perdera quando tinha quatro anos. A garota alegre havia voltado com um brilho nos olhos, rindo à toa e fazendo perguntas e coisas estranhas. Sua filha não era assim, e era melhor que ela se fosse para onde estivesse feliz e, de preferência, bem longe dela.

A tenda foi montada. Uma garota com vestes ciganas estava na frente do lugar chamando a todos:

"Venham ver seu futuro com Madame Sara. Ela vai revelar tudo que estiver escondido e tudo que precisam saber para sua vida..."

REENCONTRO

ALESSANDRO MATHERA

– Enfim, chegamos. Mas que cidade triste. Mesmo sendo Halloween, não tem quase ninguém comemorando nas ruas. Parece até a Bomont do reverendo Shaw Moore! Por que não viemos de teleporte? Aliás, por que estamos aqui, Oráculo?

Um leve ponto de luz surge do centro da esfera de diamante antes de o seu habitante me responder.

– O teleporte geraria um pico de magia e chamaria atenção indesejada para as nossas presenças.

– Encontraremos alguns velhos conhecidos meus e do Oráculo.

Eu noto a diferença na voz do Campeão e me viro de volta apenas para confirmar: ele mudou da sua forma normal de tigre gigante alado para gato doméstico.

– Certo, esta missão tem a sua fase de discrição. Bem, Oráculo, você ficará na mochila. Para onde, afinal?

– Para onde a cidade toda está indo: o parque de diversões. – E o Campeão se cala antes de seguirmos.

Depois de uns dez minutos de caminhada, chegamos à entrada do parque: igual a qualquer outro com seus brinquedos e barracas. Ao menos ali estava animado, ao contrário do resto da cidade. A decoração de Halloween estava caprichada e todas as crianças estavam fantasiadas.

Acabei me dispersando com o ambiente e me separei do Campeão. Começo a procurá-lo, porém sem resultado imediato. Depois de algumas voltas acabo encontrando-o. Vou até ele e apenas digo:

— Campeão?

Ele pisca os olhos uma vez e aponta com o focinho para a tenda listrada à minha direita. Estranho que eu não a tenha visto antes naquele ponto do parque.

O Campeão se levanta e novamente aponta a direção que devo seguir. Circundamos a tenda e me deparo com um homem em vestes ciganas convidando todos a entrar na tenda de Madame Gris, a vidente que sabe tudo sobre passado, presente e futuro pela "módica" quantia de dez dólares.

Pronto, agora já sei onde começa a nossa missão. Ainda bem que a magia do Oráculo resolve o problema do dinheiro, pois nem cruzeiros eu trouxe do Rio de Janeiro.

Eu pago a entrada olhando para o cigano bem nos seus olhos: um olhar com a malícia do galanteio que sustento e devolvo por tempo suficiente para o Campeão passar por trás dele e entrar antes de mim sem ser visto.

Aparentando ser maior por dentro do que por fora, a tenda está mais escura do que eu esperava, e o ar está um tanto carregado pela fumaça dos muitos incensos e velas. Curiosamente, identifiquei diversos aromas, a maioria deles utilizados para proteção espiritual e iluminação, nenhum deles dominante. O problema é que essa combinação deixava o ambiente um tanto opressor, algo com que o Oráculo já podia me ajudar lá dentro. Eu o pego e a esfera ilumina o local e dissipa a névoa enfumaçada. O Campeão está ao meu lado, o que me tranquiliza o suficiente para o que vem a seguir.

— Boa noite, Alice. Venha sem medo e fale comigo. Eu sou a Madame Gris.

Pouco mais de dois metros nos separavam da senhora cigana. Apesar das marcas deixadas pela idade na pele queimada de sol e manchada e dos cabelos grisalhos, era notório que tinha sido uma bela mulher em sua juventude. Eu me aproximo e me sento na cadeira à frente da mesa cheia de instrumentos de vidência, inclusive uma bola de cristal quase tão translúcida quanto a esfera do Oráculo.

— Boa noite, Madame Gris! — respondo. É uma vidente poderosa, já que me chamou pelo nome sem eu dizê-lo. Só agora notei seus belos olhos verdes fortemente esbranquiçados pela catarata: ela é cega.

— Espere um instante, querida. Sinto o cheiro de um gato que meu distraído assistente Grayson deve ter deixado entrar na tenda. Porém, animais não são permitidos aqui.

Foi a deixa para o Campeão retomar sua forma original em segundos.

— Ora, Madame Gris... isso são modos de tratar as suas visitas? — aborda o Campeão.

— Apesar desta vinda não ser voltada para confraternizações — completa o Oráculo.

A velha cigana ergue apenas uma sobrancelha.

— Campeão? Oráculo? Já faz muito tempo que vocês não vêm aqui. Suas magias de ocultamento continuam eficazes. Conseguiram até criar lacunas no que vejo sobre a vida da atual Guardiã. Não creio que tenham vindo pela minha vidência, pois você é mais poderoso que eu, Oráculo. Logo, me digam: a que devo as vossas presenças aqui?

O Campeão toma a frente da conversa em tom de comando, ignorando a pergunta de Madame Gris.

— Apareça, Noturno! Este assunto é mais do seu interesse que de Madame Gris!

De trás de um dos biombos no fundo da tenda, várias pequenas sombras começam a se mover e a se unir numa criatura tão grande quanto Campeão.

— Noturno está feliz em rever seus velhos amigos Campeão e Oráculo!

Mesmo tendo se dirigido para os meus companheiros de equipe, o Noturno fixa sua atenção em mim, mostrando um leve sorriso.

— E Noturno deduz que esta deva ser a atual Guardiã! Noturno não vê sentimentos dentro dela!

O Campeão o interrompe rispidamente.

— E nem são para você! Nós viemos tratar de algo mais grave! Pouco mais de um mês atrás ocorreu um grande terremoto próximo daqui, em que morreram milhares de pessoas.

— Sim, eu já sabia da tragédia antes de acontecer, tanto quanto você, Oráculo — responde Madame Gris, tentando mudar o tom da conversa.

— Então sabe também que a mãe da próxima Guardiã estava lá e escapou do terremoto ao voltar no último voo para o Brasil antes do ocorrido.

— Sim, estava previsto e ela continua viva, ainda que tudo que envolva as Guardiãs e vocês dois fique oculto de mim, dentre outros assuntos.

— O problema é que ela estava sendo seguida por Santa Muerte na véspera e nós precisamos intervir. Ela foi enganada por Camazotz.

Bastou o Campeão citar o nome maia do deus-morcego da morte para Madame Gris e o Noturno abandonarem as expressões meio alegres, meio irônicas com as nossas presenças para demonstrarem um pavor irrefutável. Mesmo com seus olhos cegos, parecia que ela estava vendo o próprio Camazotz naquele momento! Porém, a reação do Noturno foi mais desesperada.

— Não! Ele de novo, não! — O medo transmitido na voz da sombria criatura era verdadeiro e intenso. Quem trata de aquietá-lo é o Oráculo.

— Acalme-se, Noturno! Nós estamos aqui para debelar esta ameaça.

— Ele já foi derrotado antes e desta vez não será diferente — afirma o Campeão, com uma firmeza na voz que eu nunca tinha presenciado em todos os anos de convivência.

Enfim o Noturno parece se recompor, apesar da respiração ainda ofegante.

— Noturno pede desculpas. Agora Noturno está calmo de novo.

Madame Gris volta a falar.

— Você tem razão, Campeão. Com o devido preparo nós cinco podemos derrotá-lo. Os poderes do Noturno me permitem ver o passado, presente e futuro das pessoas comuns e de boa parte dos seres especiais, mágicos ou não, apesar das lacunas nestes casos, mas eu não posso ver meu próprio destino.

— Sim, mas eu posso, Madame Gris — intervém o Oráculo.

— Verdade, Oráculo. De certa forma, eu invejo a sua capacidade.

— Sabe que não deve. O preço a pagar pela onisciência é muito alto. Não deixe o seu medo do futuro tomar conta de si.

— Você tem conta alta com Gaia e as demais deusas para te proteger — completa o Campeão.

— Você está certo, Campeão. Elas nunca me abandonaram e não seria agora. Bom, vamos nos preparar!

Em poucos minutos, nós tomamos nossas posições. Eu ocupo o lugar de Madame Gris à mesa com um poderoso feitiço de charme efetuado pela própria Madame e pelo Oráculo que, por sua vez, está substituindo a bola de cristal da cigana. Campeão mais uma vez assumiu a forma de gato e se escondeu debaixo da mesa, enquanto Madame Gris está dentro de um de seus armários mágicos que ela garantiu ser seguro o suficiente. Já o Noturno voltou à sua forma de diversas sombras espalhadas pela tenda.

Passam-se mais alguns minutos com a tenda em silêncio até que adentra um homem grande, corpulento, mais alto que o Campeão, vestindo um sobretudo preto. Daqui é possível sentir sua energia maligna.

— Madame Gris, eu suponho?

Respondo como o Oráculo me orientou, para não despertar suspeitas. Já é difícil fingir a cegueira apesar do charme, e ainda tenho de lembrar falas decoradas em pouco tempo.

— Sim, senhor Carlos Marcos! Por favor, sente-se. Sinto que o senhor gostaria de receber uma leitura das cartas.

— Na verdade, não. Eu vim aqui para buscar o Noturno, velha enxerida! Sou Camazotz e este é o fim de vocês!

O sobretudo se abre, revelando se tratar de asas similares às de morcego, o que o deixa assustador. Sua face também se transforma e as presas crescem, deixando-o mais horripilante, algo que não imaginei ser possível. Eu apenas grito:

— *Lux et volant per pugna,* Oráculo!

O golpe combinado de luz ofuscante e impacto físico da esfera de diamante mais o efeito surpresa derrubam Camazotz por tempo suficiente para tomarmos a frente da batalha.

O feitiço de charme se desfaz enquanto Madame Gris sai de seu esconderijo. Apesar da idade aparente, ela se mostra tão ágil quanto uma ginasta olímpica.

— Você pode tentar quantas vezes quiser, Camazotz, mas nunca vai levar o Noturno daqui! *Tarot impetus!*

Mal ela ordenou e as cartas do tarô em sua mão começaram a voar em direção ao deus-morcego e perfuram suas asas de modo a restarem apenas alguns ossos inteiros.

Tal ataque foi suficiente para deixá-lo furioso a ponto de pular na direção de Madame Gris com garras e presas em posição de ataque.

— Noturno não vai deixar monstro-morcego machucar Madame Gris!

As sombras que compõem o Noturno se unem mais rápido que da primeira vez. Seu golpe arremessa o deus-morcego para perto da mesa da cigana.

Foi a deixa para que o Campeão saísse de baixo da mesa num salto em transformação para sua forma de tigre alado e mordesse Camazotz com suas presas poderosas no lado esquerdo do ventre.

Mesmo urrando de dor, o deus-morcego tenta fugir, mas o tigre alado se mostra mais forte e, com suas garras potentes, prende Camazotz no chão, não sem antes arrancar parte de sua pele e cuspi-la longe.

— Não como carne podre! — conclui.

É minha vez de atacar o maldito e com uma arma que ele conhece bem, devidamente fornecida por intermédio do Oráculo.

— Camazotz, você tentou matar minha futura nora no México e agora queria destruir nossos aliados. Pois bem, agora vai encontrar um velho conhecido seu!

Empunho o machado de raios de Chaac, deus maia das tempestades e inimigo de Camazotz. O pavor substitui a dor nos olhos do deus-morcego ante tal visão!

Desço o machado com toda a força que tenho no pescoço de Camazotz e, ao atingi-lo, ele envolve a entidade ali presa no chão com um poderoso raio. O corpo do deus-morcego se desfaz em cinzas. Não tarda, o machado também se dissipa de volta ao dono.

— E agora, Oráculo?

— Ele será julgado por seus pares, Alice. Não é mais preocupação nossa.

— Campeão? Noturno? Madame Gris? Vocês estão bem?

— Noturno está feliz de bater no monstro-morcego!

— Eu estou bem, Guardiã Alice, e sou muito grata a vocês pela ajuda.

— Campeão? O que houve? Por que essa expressão?

— É este gosto ruim de carne de morcego podre na boca. Preciso de um balde d'água para me livrar disto!

Eu, o ser sombrio e a senhora cigana caímos na gargalhada.

Após uma higienização bucal felina de grande porte, Noturno e Madame Gris mais uma vez agradeceram.

— Noturno é muito grato ao Campeão, ao Oráculo e à Guardiã! Noturno agora vai trabalhar! Adeus! — E ele novamente se evanesce nas sombras a que pertence.

— Obrigada, de verdade, a vocês três. A você, Alice, por salvar uma estranha, e a vocês, Oráculo e Campeão, por mais uma vez ajudarem esta anciã.

— Nós apenas cumprimos com o nosso dever — responde o Campeão.

— Vocês são presenças necessárias neste mundo, ainda que muitos não entendam — completa o Oráculo.

— Foi bom conhecer você, Madame Gris, mas agora temos de voltar — encerro nossa conversa indo em direção a um dos biombos na parte de trás da tenda e o Campeão entende a deixa.

— Vamos voar novamente, Alice?

— Com você, sempre!

— Você está bem, Noturno? — Madame Gris perguntou.

— Noturno gostou de bater em monstro-morcego! Monstro-morcego é inimigo velho de Noturno.

— Já se enfrentaram antes? — a cigana perguntou, curiosa, e principalmente se perguntava por que em todo esse tempo a entidade de sombras não havia sequer lhe contado sobre esse inimigo.

— Sim, algumas vezes, e outros monstros grandes. Mas tempo muda, monstros são presos como Noturno também foi. Noturno não achava que monstro-morcego estivesse solto e viria atrás.

— Bem, agora sabemos que precisamos ter mais cuidado daqui para frente, outros monstros podem vir atrás de você...

— Sim... mas Noturno está feliz de ver velhos amigos. Noturno não tem muitos...

— Também fiquei feliz em revê-los, Noturno... mas suspeito que esse som alto que ecoou agora ainda seja sua fome. Vamos continuar?

UÍSQUE VAI BEM COM BOLA DE CRISTAL

RÚBIA DIAS

Por um lado, era bom que aquela noite fosse Halloween. Entre pessoas fantasiadas de vampiro e zumbi (e uma quantidade irritante de Marty McFlies), um fracassado como eu passava desapercebido. Gostei daquela sensação, de andar cambaleante pelas ruas sem ser notado, arrastando meus chinelos velhos pelo asfalto e carregando minha garrafa de uísque dentro do saco de papel pardo. Até estranhei um pouco no início, acostumado como estava a ser motivo de comentários maldosos. Aparentemente aquela noite seria diferente. O que era bom.

Mas o que também era ruim. Ao meu redor, dezenas de crianças portavam suas sacolinhas cheias de doces, batendo de porta em porta por toda a vizinhança. Quando as portas das casas se abriam para atendê-las, era possível vislumbrar as enormes salas de estar, com suas cristaleiras imensas e brilhantes, o cheiro de comida caseira chegando às minhas narinas, Sr. Papai e Sra. Mamãe devidamente fantasiados e recebendo todas as crianças com um enorme sorriso de satisfação. Aquelas cenas me deixavam enjoado, e não havia nada melhor do que uísque para curar a náusea. Tomei um gole, mal senti o gosto da bebida, registrei o calor descendo pela minha garganta e segui trôpego pela rua.

Eu sabia que não devia ir até lá, mas estava indo mesmo assim. Já conseguia ver as paredes amarelas da casa e seu telhado branco. Desviei de uma bicicleta infantil deitada no asfalto, esperando pelo seu motoristazinho vestido de fantasma. Calculei errado a distância que estava da bicicleta e raspei meu tornozelo no pedal. Doeu um pouco. Uísque era bom para enjoo, mas não era nada bom para a coordenação motora.

Cada criança que passava por mim era uma lembrança do que eu não tinha. Ou, melhor dizendo, do que não valorizei quando tive e agora estava perdido para sempre.

Uma força invisível me puxou cada vez mais rápido em direção à casa amarela. Eu sabia que não encontraria nada bom indo até lá, mas era Halloween, afinal de contas. As bruxas estavam soltas, não estavam? Ou talvez sempre estivessem e nós apenas não percebêssemos.

Encontrei a casa exatamente como me lembrava dela: a grama bem aparada (dois centímetros de altura, como o Manual da Vizinhança determinava), as cortinas brancas tampando as janelas da sala, vasos de flores na entrada, um sapinho horroroso de gesso no jardim segurando uma placa "Lar, Doce Lar." Sempre odiei aquele sapo. Eu devia ter chutado a cara dele quando tive a chance. Na garagem, havia um carro utilitário preto milimetricamente estacionado, um desses carros feitos para famílias grandes e felizes, que levam as crianças para jogos tediosos de futebol escolar e carregam todas as malas da família nas viagens de verão. Eu queria chutar aquele carro também. Ou melhor, queria pegar o sapo e arremessá-lo no para-brisa do carro, e assim resolveria dois assuntos de uma vez só.

Eu me escondi atrás de uma árvore e acendi um cigarro. Por mais que fosse Halloween, não queria realmente assustar ninguém com meu comportamento esquivo. Observei algumas crianças fantasiadas de Rocky, alguns meninos que deviam estar vestidos de personagens de *Goonies*, uma sereiazinha. Mais enjoo, mais uísque.

Foi então que eles saíram para recolher doces pelo bairro. O Novo Marido não tinha se dado ao trabalho de caprichar na fantasia, usava somente uma capa e dentes de vampiro. Que preguiçoso. Marina, mais loira do que a última vez em que a vi, estava fantasiada de bruxa. Ela usava um vestido preto, um corpete roxo por cima do vestido que evidenciava a cintura e os seios fartos, uma saia de tule preto e botas. Estava linda, é claro. Ela era a mulher mais linda que eu já tinha visto e eu jamais entenderia como ela ficara comigo por seis anos. A verdade é que ela também não entendia por que "tinha perdido sua juventude ao meu lado", como gostava de dizer ao advogado do divórcio. No fundo, acho que ninguém entende coisa nenhuma e é por isso que, de vez em quando, precisamos nos fantasiar de monstros e tomar um porre.

Agora vinha o momento que eu sabia que arrancaria mais um pedaço do meu coração, se é que ainda tinha um. Lá estava minha menina, com seu cabelo enroladinho e os grandes olhos atentos. Estava vestida de fada. Bruna sempre gostara delas, desde que ainda nem sabia andar direito. Ela portava suas asinhas falsas com uma elegância admirável, o narizinho empinado e a boca suja de doce. Marina pegou-a pela mão e elas desceram a rua na direção contrária, o Novo Marido seguindo atrás. Fumei mais um cigarro enquanto observava a vida que eu deveria ter, a vida que cheguei a ter, se afastando no horizonte.

Aquilo foi demais para mim. Nem o uísque parecia forte o suficiente para me conduzir pelo resto da noite. Eu não queria voltar para o meu cortiço, mas também não tinha nenhum lugar para ir. Apaguei o cigarro na sola do meu chinelo. As pessoas estavam agitadas naquela noite, havia uma sensação de correria generalizada, crianças afobadas de um lado para o outro, gritaria e confusão, e achei tudo aquilo meio patético. Segui caminhando sem rumo, até que cedi e percebi que, de fato, precisava buscar abrigo, e a primeira coisa que vi diante de mim foram as tendas dentro do parque.

O parque estava ali havia alguns dias, mas não havia despertado minha atenção até aquele momento. Os donos foram espertos, montando-o perto do bairro residencial cheio de famílias endinheiradas. De vez em quando, o cheiro de pipoca e de algodão-doce chegava até mim e lembro de ter sentido meu estômago retorcer de fome, o que foi outro motivo para que eu evitasse o parque. Agora ele estava convenientemente perto e achei difícil que qualquer coisa fosse me deixar pior do que eu já estava.

Nunca fui fã de parques. Bruna uma vez insistiu muito para irmos, Marina e ela foram sem mim. O fato de que, naquele dia, eu estava caído de bêbado numa sarjeta qualquer também contribuiu para minha ausência.

As tendas foram montadas dentro um amplo pátio, que mantinha seus enormes portões abertos ao público. Do lado esquerdo, havia um trailler que servia de bilheteria. Me escorei em uma tenda menor que ficava do lado oposto, perto dos banheiros químicos e um pouco mais afastada da agitação de crianças fantasiadas. Meus pés expostos nos chinelos estavam cheios de bolhas e minhas calças estavam sujas na barra. O uísque, no entanto, estava são e salvo.

Senti um puxão no meu cotovelo.

— Quer uma leitura da Madame Gris? Dez dólares e abrigo das crianças ensandecidas. — Um cigano me encarou, sorrindo com dentes grandes e largos. Metade do seu corpo estava dentro da tenda.

— Não tenho dez dólares — respondi, acenando para o estado geral da minha aparência. — Acho que isso é meio óbvio.

— Tudo bem. Hoje estou generosa. Será um presente. — Uma voz áspera chegou de dentro da tenda. Era uma voz velha e cansada, que arranhava as paredes da garganta quando saía.

— Madame Gris está generosa, será um p...

— Eu sei, eu ouvi. Mesmo assim, não estou interessado. Não há nada no passado, presente ou futuro que me interesse. Diga a ela que agradeço a oferta.

Uma massa de cabelos grisalhos apareceu pela abertura da tenda ao lado da cabeça do cigano, a voz dura agora bem perto dos meus ouvidos:

— Nem mesmo descobrir se você conseguirá a custódia da sua filha?

Ok, tudo bem. Talvez ainda houvesse alguma coisa nesse mundo que me interessasse. Antes que eu pudesse responder, Madame Gris já tinha retornado para dentro da tenda e o cigano atravessou o pátio em direção às bilheterias. Para honrar o espírito do Halloween, entrei.

Era uma tenda sem nada de especial. Esperei encontrar uma energia diferente, ou mesmo algum efeito visual ridículo para enganar as pessoas, mas não havia nada disso. Era apenas uma tenda, com uma mesa redonda no centro e uma senhora carcomida e cega à minha espera. O cheiro de incenso, contudo, era muito forte, e segurei um espirro. Sentei-me diante dela e esperei, sem saber muito bem o que fazer numa situação daquelas.

— Escolha o método. — Madame Gris colocou diante de mim uma bola de cristal, um tarô e búzios. — Também posso ler sua mão.

Optei pelo método de adivinhação que me parecia ser o mais rápido, a bola de cristal. Apontei para o objeto, mas aí me lembrei de que Madame Gris era cega. Pigareei e respondi:

— Bola de cristal.

Ela tateou sobre a mesa e encontrou o objeto. Alisou com as duas mãos, mãos magras e finas, de unhas horrorosas que pareciam cascos. Olhei para as minhas próprias unhas e percebi que elas não estavam tão melhores assim.

— Mentalize uma pergunta. Não fale em voz alta. Me avise quando estiver pronto.

Confirmei com a cabeça, me lembrando mais uma vez que ela era cega, e murmurei uma concordância. Aquilo era mais difícil do que parecia. Muitas perguntas passaram na minha cabeça, mas nenhuma delas se fixava por tempo o suficiente, e eu acabava sempre retornando para a questão da custódia da minha filha. Como Madame Gris sabia daquilo? Será que existia mesmo esse negócio de ler o futuro, então? No Halloween tudo era possível. Resolvi me fixar na questão da custódia e disse, com uma voz que saiu quebradiça, que estava pronto para a leitura.

Mas eu não estava pronto. Eu já sabia o que ia acontecer. A Justiça não me deixava chegar perto de Marina ou de Bruna, principalmente depois do que fiz a Marina. Ela tinha se recuperado, o rosto nem estava mais inchado e a cicatriz no braço mal se via. Só que isso não fazia diferença, não depois que eu a deixei em coma por dois dias. Não acho que Madame Gris conseguiria mudar meu passado. De qualquer forma, a festança lá fora não parecia diminuir e ali dentro, pelo menos, eu não escutava a gritaria insuportável daquele bando de crianças felizes.

Madame Gris pigarreou, tomou um gole de algo que eu duvido que fosse água, e me olhou nos olhos. Eu sei que ela não me via, mas tenho certeza absoluta de que ela me *enxergava.*

— Você não foi sincero na pergunta que fez. Eu sinto isso. Você sabe que não há nada a ser feito em relação à sua filha. A bola de cristal trouxe resposta para a pergunta que você realmente quer fazer.

— Que seria...? — Eu estava genuinamente intrigado. Talvez fosse o excesso de uísque no sangue, mas eu realmente não tinha pensado em nada concreto para o raio da bola de cristal adivinhar.

— Não, Marina não vai voltar para você mesmo que o novo marido morra. E não, matá-lo não vai ser sua melhor vingança. Mas você vai fazer isso mesmo assim.

— Eu não pensei em matar o...

— Não minta para mim. Você não só pensa, como planeja. E vai fazer. Não hoje, não esse ano, mas em breve. E depois será mandado para a prisão perpétua.

Fiquei boquiaberto e sem saber o que responder. O que dizemos quando alguém nos acusa de futuro assassinato? Isso não estava escrito no Manual da Vizinhança.

— Você vai morrer na prisão sem nunca mais ter visto sua filha. E ela ficará traumatizada pelo resto da vida. É isso. Pode ir agora.

— Mas Madame Gris, e-eu...

— Não me importo.

O cigano estava de volta, segurando a abertura da tenda para que eu saísse. Percebi que ele usaria da força para me arrancar dali se fosse preciso e decidi não testar sua paciência. Murmurei uma despedida a Madame Gris e recolhi o meu orgulho, tanto quanto consegui. E, num piscar de olhos, lá estava eu lá fora outra vez, mas agora o pátio estava vazio. As crianças estavam abrigadas com suas famílias, as fantasias destruídas, e o jantar seria servido em breve.

Madame Gris podia ver o futuro naquela maldita bola de cristal, mas eu ainda era dono de mim mesmo. Não era? Talvez não muito. Mas decidi que aquilo não iria acontecer.

No meu quarto do cortiço, eu tinha uma corda e um banco. Aquela seria a última noite de Halloween que eu viveria para contar.

PREDESTINADA

TEREZA CRISTINA

— Venha! Sente-se, criança!

A mulher que falava comigo parecia ser simpática, embora sua aparência não fosse das melhores, a começar pelos olhos, verdes e cristalinos, que estavam quase tomados pela catarata, e ela vestia trapos velhos e cheirava a naftalina. Fiquei curiosa. Perguntas povoavam meus pensamentos. Mas será que ela era cega? O que via através de sua vidência eram coisas boas ou ruins ou decidiu se tornar vidente?

Apesar de nunca ter gostado de parques por achar diversão forçada, fui acompanhar meus dois sobrinhos naquela noite de Halloween, também porque todos estavam encantados com a beleza sombria do *Cirque des Mystères*. As crianças tentaram pronunciar o nome assim que ouviram o anúncio no rádio. Mas como poderiam os habitantes daquela pacata cidade saber falar francês em pleno ano de 1985? Nossa cidadezinha estava longe de ser desenvolvida de tal maneira.

Mas, quando chegamos, fiquei maravilhada com o aroma que exalava por todo o lugar, que encheu minha boca de água. Deixei os sobrinhos em um dos brinquedos e resolvi andar, até me deparar com a tenda de adivinhações de Madame Gris.

— Venha! Sente-se, criança!

Não sabia o que perguntar, pois o cheiro da pipoca e maçã do amor enchia o lugar deliciosamente. Senti-me inebriada com todo aquele aroma. Desejei provar cada um deles, mas estava lá para fazer perguntas e deveria procurar uma forma de ignorar aqueles sabores convidativos. De repente, o perfume de incenso invadiu sem licença toda a tenda, como se aquela senhora sentada à minha frente percebesse minha vontade.

— Assim está melhor para você, Abigail? Não se preocupe, logo estará com seus sobrinhos.

Como? Pensei. Não falei absolutamente nada para ela e mesmo assim pronunciou meu nome e falou sobre os meninos. Estremeci. Assustada, a olhei. Estava sentada do outro lado da mesa redonda, rodeada por apetrechos místicos: cartas de tarô, bola de cristal, pêndulos, entre outras coisas que não identifiquei. Tudo organizado sobre uma toalha lilás com símbolos esquisitos bordados em vermelho e dourado, e logo atrás dela velas espalhadas iluminavam uma placa feita a mão, igual à da entrada de sua tenda, escrito Madame Gris.

— Sente-se! Vamos começar. Posso sentir que está aflita. — Ela sorriu de um jeito estranho, o rosto velho e cheio de rugas a tornou mais velha ainda, como se definhasse. — Abigail, o que está em seus pensamentos são lembranças do passado, aflições do seu presente ou preocupações de seu futuro? Feche os olhos, respire fundo e escolha um dos meus instrumentos para ajudar em sua busca.

Aquelas palavras ressoaram dentro de mim como um transe, fui levada pelo perfume do incenso assim que fechei os olhos. Deixei-me ser conduzida para o mais profundo do meu ser, ouvindo as gargantas, aplausos e gritos se distanciarem cada vez mais até restar apenas a voz de Madame Gris dentro de minha cabeça. Ao abrir os olhos, a expressão em seu rosto havia mudado, porém não sabia ao certo o que estava errado, então deduzi que ela estivesse sentindo, já que não poderia me ver vestida de cigana para aquela noite de Halloween. Estava ridícula.

— Criança, existe algo em seu passado que atormenta você. Como deseja que eu a ajude?

Não pensei muito quando fiz a minha escolha. Foi automático. Estendi minhas mãos para ela. Nem precisei falar, pois as segurou delicadamente com as suas mãos enrugadas e calejadas pelo tempo. Foi então que começou a falar...

“Há muito se pergunta o que veio fazer neste mundo, Abigail. 33 anos e sempre sentindo que não faz nada certo. Romances fracassados, inveja ao ver suas amigas se casando e construindo suas famílias e você estagnada. Isso é algo que a entristece profundamente, e eu sei quanto isso é doloroso. Vejo também que você sempre sonha o mesmo sonho... Está andando por um lugar sem cor e sem vida, vaga em direção a um precipício, ouve milhares de vozes de almas desesperadas, mas não sabe de onde vem. E, de repente, está cercada por chamas, sente todo o seu corpo esquentar, sente medo e não sabe o que fazer. As vozes voltam a gritar pedindo socorro e as chamas se aproximam cada vez mais. Não há como escapar a não ser que pule do precipício sem saber o que tem lá embaixo. Seu coração dispara, sente as chamas queimarem seu braço, você grita e, então, acorda.”

Confesso que aquilo foi assustador, mas real, e em cada palavra que saía de sua boca podia reviver aquele pesadelo. Eu me senti sozinha e desesperada, aquela sensação de não saber o que fazer tomou conta de mim, senti o nó na garganta se formar e meus olhos ficarem cheios de lágrimas. Como aquela senhora poderia entrar em minha cabeça daquela forma? Fiquei extremamente desconfortável.

Ela ainda continuava segurando minhas mãos, sorrindo de forma sombria. Pensei que estava feliz com o que tinha “visto”, mas os pelos do meu corpo se arrepiaram e o sopro de um vento frio roçou em minha nuca, estava com medo e voltei a não gostar de parques, porque era aquele tipo de sensação que sempre me causavam. Pensei em pegar meus sobrinhos e ir pedir doces pela vizinhança.

— Calma, Abigail. Ainda não terminou. Existe algo a mais, não é? Um medo que cresce dentro de você, algo irracional que você não consegue evitar. Posso lhe dar o alívio que tanto busca.

Houve um misto de ansiedade e constrangimento, se é que podia existir algo assim de uma só vez. Mas eu não conseguia encontrar palavras para lhe fazer qualquer pergunta, estava petrificada. Embora existisse a vontade de ir embora, quis naquele momento continuar com minha consulta. Queria ajuda, e nisso ela estava certa, como em todo o resto.

— Abigail, volte a fechar os olhos. Respire fundo e ouça a minha a voz. Você vai ouvir um tique-taque do relógio e, quando ele parar, você vai acordar.

Fiz exatamente o que ela pediu, afinal nada até aquele momento havia me ajudado a superar meus pesadelos e medos, por isso, deixei meu corpo relaxar por completo e ouvi suas palavras, que estavam mais suaves e familiares.

— Vou contar até três e você voltará para o seu sonho. Vá sem medo, estarei aqui. Um. Está caminhando em um lugar escuro e a cada passo que você der tudo ao seu redor ganhará cor. Dois. Está sozinha e caminhando sempre em frente. Sinta uma leve brisa passear pelo seu corpo, vai se arrepiar um pouco, mas é apenas uma sensação gostosa. Três. Chegou à beira do precipício, agora, a cada tique-taque do relógio, você vai me dizer o que está acontecendo.

Não sentia meu corpo naquele momento. Estava profundamente relaxada, então as palavras que antes não saíram de minha boca começaram a surgir uma a uma...

"Existe um precipício em minha frente, não sei o que tem lá embaixo, existe muita neblina que me impede de ver. Ouço vozes, e elas parecem felizes, estão rindo alto como se estivessem ouvindo uma boa piada. Tem crianças e adultos, são muitas pessoas.

Viro, mas estou sozinha, cercada por gargalhadas fantasmagóricas. Tento olhar para ver se não existe outra pessoa ali comigo, mas é inútil. Uma neblina começa a surgir em minha volta e com ela um cheiro estranho e familiar. De repente, vejo fogo se aproximar rápido, tento correr, mas estou paralisada de medo. As gargalhadas agora são gritos de agonia e desespero. Ouço choro e muitos pedidos de ajuda. O fogo avança cada vez mais. Meu Deus, eu vou morrer! Quero acordar, preciso acordar..."

— Não, continue. Encare o seu medo, encare o fogo.

Tentei fazer Madame Gris largar minhas mãos, mas ela apertava com força. Meus pulsos doíam, não conseguia acordar, não conseguia sair dali.

— Continue, fale. Ouça o tique-taque!

"Eu grito e sinto cada vez mais o calor das chamas. Estou em pânico, sozinha e sem saída. Como sair dali? Não dá para pular. É muito alto... morrerei! Meu coração parece saltar pela boca, sinto a fumaça entrar pelos meus pulmões. Estou me sentindo fraca, a qualquer momento vou desmaiar. O que eu faço?"

— Olhe através das chamas e enfrente o fogo!

"O fogo é bem maior do que eu e vai me engolir a qualquer momento. Caí de joelhos tossindo, minha vista já está embaçada, não consigo ficar com a cabeça erguida, me aproximo mais da beira do precipício. Jogo-me? Não quero morrer queimada, e então decido, mas antes de pular pude ouvir entre os gritos, eram as vozes dos meus sobrinhos chamando meu nome. Meu Deus, não permita! Então reúno todas as minhas forças e enfrento o fogo, sinto as chamas penetrarem minha carne e mesmo assim continuo caminhando, tudo é tão real até o tique-taque do relógio parar."

— Isso, criança!

Acordei. Senti como se queimasse por completo, o cheiro da fumaça era forte como se tivesse me acompanhado. Finalmente havia feito a minha escolha, enfrentar o fogo. Estava ofegante e sentindo o suor escorrer pelo meu rosto. Madame Gris sorria pra mim, satisfeita. Tentei pensar em tudo, mas nada vinha em minha mente. Estava curada? Então sorri e percebi que as mãos dela ainda seguravam meus pulsos. Tentei soltar, mas ela permanecia parada, segurava firme com uma força que não condizia com sua idade.

— Ainda não terminamos, Abigail. Logo tudo será revelado. Hoje é dia de celebrar um ciclo que termina para outro começar.

Não entendi suas palavras, fiquei assustada com aquilo e de repente o cheiro da fumaça estava mais forte, tossi mais de uma vez. Havia fumaça por todo o lugar e, de repente, gritos surgiram de todos os lados. Escutei correria e meus sobrinhos gritando meu nome. Estava presa ali com aquela velha, mas não tive sucesso em nenhuma das minhas tentativas. Gritar era a única coisa que conseguia fazer, mesmo com muita dificuldade, mas Madame Gris apenas ria, parecia não se importar com meu desespero ou com o pânico das pessoas que tentavam se salvar.

— Criança, você sabe o significado do seu nome?

Não pude acreditar no que ouvi. Era absurdo demais e por isso a xinguei com todos os palavrões possíveis.

— Alegria de meu pai! Não é formidável? Hoje você terá tudo o que mais deseja. Liberdade! Não há volta! Filhas do Fogo são valentes e, quando se encontram em uma noite de Halloween, um ciclo termina para outro iniciar. Vá em paz, criança! Sua dor agora será minha também.

Ela se esticou sobre a mesa e puxou meu corpo para perto de si, segurou meu rosto com suas mãos e pude ver brasas em seus olhos e, quase consumida pela fumaça, ela gritou, me fazendo gritar junto. De repente, sugou algo de minha boca, como se fosse uma densa massa escura. Ouvi os gritos e percebi que o *Cirque des Mystères* estava sendo consumido pelo fogo ferozmente. Assim que me soltou, vi o corpo velho de Madame Gris parado em minha frente, satisfeita com tudo. Desfaleci.

Quando acordei não conseguia ver nada, apenas uma densa neblina. Os sons das gargalhadas e os gritos infantis que surgiam dos brinquedos vindos de todo lugar, como se nada houvesse acontecido. Mas, tudo pareceu tão real, eu vi, ouvi e senti. Sei que não sou louca. Aquilo precisava de uma explicação e nunca desejei tanto algo assim. Foi então que ouvi, como se uma parte dela ainda estivesse dentro de minha cabeça, mas sua boca mexia, e estava em pé diante de mim.

— Você está bem, criança?

Estremeci com a pergunta, como poderia estar bem depois de tudo? Eu não estava bem! Mas, foi então que docilmente tocou em meu ombro e percebeu que todo o meu corpo tremia, e falou devagar, quase sussurrando:

— Criança, filhas do fogo precisam controlar sua fúria, pois quando não sabem domá-la, colocam em chamas tudo ao seu redor, até mesmo aqueles que mais amam.

Suas palavras despertaram em mim um desespero que só continuou aumentar. Saí da barraca acompanhada por ela e olhei para meus sobrinhos, que me esperavam do lado de fora. As lágrimas surgiram e o receio de que aquele pesadelo pudesse ser tornar real me fez abraçá-los com força. Saímos dali, mas uma dúvida surgiu sorrateira: quem seria capaz de cometer algo tão cruel assim? Eu? Foi então que me lembrei de suas palavras: *"filhas do fogo precisam controlar sua fúria"*. O choque veio como aviso e, desde então, tento enfrentar essa força que existe dentro de mim. Sei que Madame Gris aliviou minha dor, mas rezo a Deus para conter o fogo dentro de mim, pois foi graças a ela que entendi tudo. Que estou predestinada.

— Meu Deus, Laila! Para com isso! O que você está fazendo? Assim você vai matar ele!

— Eu não posso permitir...

— Não pode o quê? O que ele fez? Solta ele agora!

— Carol, olha o que ele fez com esses pássaros! Eu não posso permitir! Eu já sabia... eu não quis acreditar nela. Não sei por que deixei que chegasse a esse ponto...

— Daniel, sai daqui! Vai para o seu quarto e não sai de lá.

— Olha para ele... você viu o olhar dele? Ele está rindo, Carol! Ele está rindo, você viu?

— Laila, me diz o que está acontecendo. Você está parecendo uma louca.

Eu não conseguia falar, apenas balançava a cabeça, não querendo que fosse verdade. Carol me olhava incrédula e ela parecia preocupada comigo.

Será que ela está achando que eu fiquei louca? Não, eu não estou louca. Ou será que estou?

— Tenta se acalmar. Vou ver o Dani. Depois você vai me contar exatamente o que está acontecendo.

Eu andava de um lado para o outro, apertando minhas mãos, enquanto Carol ia em direção ao corredor cheio de porta-retratos. Eu sabia que precisava desabafar, apesar de ser loucura demais para alguém acreditar. Mas Carol era minha amiga, eu tinha certeza de que ela não me julgaria e acreditaria em mim.

Observei-a voltando, ela não parecia abalada e me disse que Daniel estava bem, mas assustado com o que havia acontecido e que queria saber por que eu tentei sufocá-lo com uma almofada no sofá da sala. Fiquei sem palavras. Desde o primeiro dia que soube da gravidez eu o amei incondicionalmente. Apesar de saber o que poderia acontecer, eu o amei. Se eu tivesse tido a coragem de hoje, anos atrás, nada disso estaria acontecendo.

— Tudo bem, Carol. Só não me interrompa. Acho que não conseguirei continuar se eu parar.

Carol concordou e, colocando sua mão nas minhas, me transmitiu a segurança de que eu precisava para lhe contar. Então, comecei o meu relato...

Era 1985 e eu estava precisando de uma transformação total na minha vida. Após descobrir a traição do meu marido, me mudei para uma pequena cidade, bem distante de tudo e de todos que conhecia. Eu precisava me reinventar e encontrar o meu caminho. E, como se o universo conspirasse a meu favor, arranjei um emprego logo na primeira semana na nova cidade.

Um mês havia se passado desde a minha mudança e eu já estava me adaptando à vida do interior. Era noite de Halloween e confesso que estava animada para conhecer o parque itinerante sobre o qual uma amiga havia comentado. Ela contou várias coisas sobre o que as pessoas costumavam fazer e também sobre as fantasias. Falou das atrações que existiam no parque. E mencionou um grupo de ciganos de perto da cidade e me instigou a descobrir se havia alguma cigana no parque, já que eles estavam próximos, talvez estivessem lá também.

Na hora achei que era uma ideia ridícula. Para mim essas pessoas tinham o dom da observação, que na verdade nós lhe indicávamos o caminho que deveriam seguir em relação às suas previsões. Contudo, eu estava me predispondo a fazer coisas diferentes e definitivamente uma consulta com uma cigana se enquadraria no requisito.

A cidade era tão pequena que fui a pé para o parque. No caminho, vi várias crianças e adultos fantasiados e só por isso já havia valido a pena sair de casa. Ao entrar no local, era como se eu tivesse sido transportada para um mundo mágico, cheio de luzes e encanto. Andei por todo o parque, porém, de tão maravilhada que estava, até esqueci de ver se tinha alguma tenda cigana.

Eu nem tinha sentido que havia passado tanto tempo e que estava me divertindo tanto como há muito não fazia. Porém, já estava ficando tarde e eu precisava ir para casa. Quando estava quase saindo, um vento frio começou a soprar forte, me deixando arrepiada. Por um breve momento comecei a sentir um mal-estar. Então, de repente, senti um cheiro de incenso que eu ainda não havia percebido. Olhei ao redor e vi um cigano alto e esbelto em frente a uma tenda listrada que não estava lá antes, que era de onde vinha o perfume.

Algo estava me atraindo até aquele homem com cabelos longos e negros que estava de bandana. Como em um transe, fui até ele, peguei o dinheiro na minha carteira e lhe entreguei. Lembro-me de que ele tinha um sorriso sedutor enquanto abria uma parte da tenda, me fazendo entrar.

Ao entrar, o cheiro estava mais intenso. A iluminação era à base de velas, que formavam um círculo perfeito. Era como se eu estivesse em uma fotografia antiga e contrastava com o ambiente alegre e festivo do lado de fora. Senti novamente aquela estranha sensação, porém agora estava pior. E alguma coisa me dizia para ir embora.

Fiquei um tempo lá sozinha sem que ninguém aparecesse. Eu já estava me arrependendo de ter gastado meu dinheiro e ia embora. Eu não queria perder nem um minuto a mais naquela tenda esquisita esperando por uma farsante. Ao me virar, fiquei cara a cara com uma cigana de idade.

Levei um susto enorme. Do nada aquela mulher de olhos verdes acinzentados e cristalinos, com a íris esbranquiçada, surgiu na minha frente, sem fazer nenhum barulho enquanto se aproximava. Comecei a rir, me sentindo uma idiota por parecer estar em uma clássica cena de filme de terror. Porém, parei ao ver que ela em nenhum momento se mexeu ou mudou sua expressão facial. Nunca me senti tão observada e escrutinada como naquele momento, apesar de ela não olhar diretamente para mim.

— Madame Gris sabe tudo!

A senhora não disse mais nada, apenas apontou para trás de mim. Olhei para onde ela estava apontando e me surpreendi ao ver uma mesa com um pano, uma única vela e um cristal, todos vermelho-escuros como sangue, e duas cadeiras. Não entendia como aquilo tudo havia surgido, se antes não tinha nada lá. Ela continuava a apontar na direção da mesa e, mesmo receosa, segui sua orientação.

Ela não disse nada nem olhou na minha direção. Apenas estendeu a mão direita. Era como se ela soubesse que eu iria escolher a leitura de mão. Enquanto eu fazia o mesmo, vi que estava tremendo. Mal nos tocamos e senti como se tivesse levado uma descarga elétrica, que percorreu todo o meu corpo, e nos afastamos na mesma hora. Olhei surpresa para a mulher.

Então, comecei a sentir como se a minha mão estivesse molhada e vi que parecia ter algo viscoso e escuro. Surpreendi-me e tentei limpá-las. Quando olhei novamente, a tenda começou a desaparecer diante dos meus olhos, dando lugar a uma sala de estar mal-conservada, com móveis velhos, rasgados e quebrados. Também tinha poeira e teias de aranha para todos os lados. Um cheiro de mofo, misturado com algo estranho, me enjoou.

Virei-me para a vidente, tentando obter qualquer resposta do que estava acontecendo, mas, como antes, não falou nada.

Ela começou a andar como se soubesse onde cada objeto estava e eu a segui até um corredor assustador. Mesmo com a iluminação fraca, vi que existiam porta-retratos e que as paredes estavam descascando. As fotos pareciam antigas e, surpreendentemente, eu estava em todas elas.

Conforme fui andando, reparei que nas primeiras eu parecia feliz e estava grávida. Depois uma criança sempre estava ao meu lado e, à medida que ela crescia, minha infelicidade e nosso distanciamento aumentava. Chegando à sua fase adulta, eu tinha uma expressão de medo.

— O que é isso, Madame Gris? Onde afinal de contas estamos? Sou eu nessas fotos?

— Madame Gris não mente. Esse é o seu futuro!

— Meu o quê?

Ela olhou na minha direção, mas não diretamente, me deixando sem graça. Ela voltou a andar, indo em direção a um dos cômodos. Ao entrarmos, o ambiente começou a se transformar, tudo parecia novo. Em um dos cantos um garoto com uns sete anos brincava sentado no chão. Ela fez um sinal para que eu me aproximasse e a olhei interrogativamente. A cigana, claro, me ignorou. Perguntei por que ela não me explicava o que estava acontecendo, mas foi como falar com a parede.

Sem alternativa, aproximei-me devagar e, ao olhar para o rosto dele, o reconheci da foto. O que ele tinha nas mãos me perturbou: estava torcendo o pescoço de um passarinho e na caixa à sua frente tinha pássaros sem cabeça. Alguns ainda sangravam, outros pareciam estar em decomposição. Ao olhá-lo novamente, ele me olhou e sorriu, me assustando. Seu sorriso era frio, como se não tivesse alma. Recompondo-me, fui em direção à cigana, muito confusa com a situação. Mais uma vez a questionei sobre o que estava acontecendo e como ele poderia ter me visto, porém ela só disse: "Esse é o seu futuro".

Sem mais nenhuma palavra, ela saiu novamente do quarto e eu a segui. Tudo voltou a ficar velho e decrépito. Ela continuou caminhando, indo em direção a outro quarto. Lá, tudo começou a mudar de novo, porém não estava tão conservado como o anterior. Um rapaz de uns quatorze anos estava abrindo seu armário. Pude ver que ele tinha um arsenal de armas, porém, o que mais me chamou atenção foi a caixa que ele pegou e colocou na cama. Abriu-a como se algo precioso estivesse lá dentro.

Assim que vi, me arrependi. No interior tinha vários tufos de cabelo e calcinhas com respingos do que aparentava ser sangue. Ele as pegou com delicadeza e cheirou. Foi repugnante! Fiquei me perguntando o que tudo aquilo significava. Contudo, não sabia como explicar, mas no fundo nada daquilo era estranho para mim.

A vidente continuou o seu tour e fomos para o lado de fora. Claro, assim como antes, a aparência da casa se transformou diante dos meus olhos e estava mais abandonada. Estávamos no quintal e o adolescente agora era adulto. Ele tinha o corpo esquelético e suas roupas estavam sujas e rasgadas. O homem segurava um machado ensanguentado. Um calafrio percorreu todo o meu corpo assim que o vi golpear a pessoa que estava à sua frente. Em seguida, comecei a sentir uma dor no estômago e vomitei sangue.

— Preciso ir para o hospital!

Eu estava me sentindo muito fraca e sem consideração nenhuma, ela não me tirou de lá e me fez ir até onde o homem estava. Conforme nos aproximávamos, um cheiro metálico penetrava em minhas narinas. Eu sabia que não era do sangue que tinha saído da minha boca. Comecei a tremer, mas a vidente não me largou, me forçando a prosseguir.

Fechei os olhos e mentalmente supliquei para sair dali ou para acordar. Abri-os e eu ainda permanecia no mesmo lugar, com aquela vidente maluca que me dava tanto arrepio quanto aquele homem. A cigana, à força, me aproximou do homem que eu não sabia como, mas tinha certeza de que era meu filho, assim como suas versões mais novas. Ele permaneceu de costas. Quando cheguei perto o suficiente, não consegui conter o choro. Perguntei à cigana por que ela estava fazendo aquilo comigo. Sua resposta foi a de sempre: "Esse é o seu futuro. Madame Gris nunca mente!"

— Mas que porra! Para! Para com essa merda de "Madame Gris não mente"! Você é louca e está querendo me deixar louca. Me tira daqui! Agora!

A vidente estava irredutível e parecia até um disco quebrado. Ela só dizia "Esse é o seu futuro" e blá-blá-blá. Eu não aguentava mais me ver morta, toda ensanguentada. Era impossível ficar bem. E, num piscar de olhos, o homem com o machado não era mais ele. Eu estava em seu lugar. Eu o estava matando. Já nem lembrando da dor e do sangue, eu só queria sair dali e voltar para casa. Tomada por uma raiva misturada com desespero, fui em direção à cigana, que estava ao lado do meu corpo, novamente no chão. Enquanto me aproximava, a vi lentamente se abaixando e, assim que a toquei, ela fez o mesmo no meu corpo.

Assim, simplesmente voltamos para a tenda, que já não parecia como antes. Agora era apenas uma simples tenda cigana bastante iluminada. Questionei-a sobre o que havia acontecido e ela me respondeu com uma frase enigmática: "Não se pode ir reto quando a estrada é curva. Você precisa olhar além dos seus olhos. A verdade está dentro de você."

Sem acreditar no que ouvi, me virei, tentando me controlar. Fechei os olhos e, quando os abri, tudo havia sumido, inclusive a cigana, e eu estava no meio do parque. Fiquei desnorteada. Era inegável que algo havia acontecido. De repente, comecei a me sentir enjoada e precisei vomitar.

— Ela não pode estar certa...

ENTRECONTOS

J.C.GRAY

Madame Gris sentiu quando a mulher deixou a tenda, e meneou negativamente a cabeça. A pior parte de seu trabalho era lidar com as previsões do futuro que davam avisos, e os clientes se recusavam a acreditar.

— Gris mostrou futuro. — Noturno começou a falar, tentando tranquilizá-la. — Aceitar é com a moça. Alma de filho que nem nasceu já é muito ruim. Muito ruim... bem gostosa...

— É uma péssima forma para uma mãe descobrir que está grávida, Noturno... ainda mais sabendo o que seu filho vai se tornar.

— Talvez moça possa tentar mudar o futuro... mas alma de filho ainda é ruim...

— Talvez existam "saídas". Eu sou mãe, Noturno. Certas saídas são impensáveis para nós. Por pior que o futuro possa ser, um filho ainda é um filho. Eu espero que ela saiba lidar com o que descobriu hoje...

— Gris está chateada com futuro dela?

— Um pouco, sim... será um futuro de muita dor, mas precisamos continuar... logo chega o próximo cliente!

R.E.M.

THOMAS ALBERTO THAMSON

Foi engraçado que, quando ouvi o nome da cigana no lado de fora, brinquei nos meus pensamentos sobre uma história que Tom havia me contado. Nela, uma garota perde a voz e faz uma longa jornada para recuperá-la e poder cantar. No entanto, quando a senhora disse meu nome, quem perdeu a voz fui eu.

Tom havia me dito que era bobagem vir até aqui e que todas as pessoas davam descrições diferentes sobre o lugar; ele sempre gostou das apresentações de James Randi e dizia que a tenda do parque itinerante era apenas de mais uma charlatã querendo atenção. Apesar de tudo, não protestou quando eu disse que gostaria de conhecer a cigana antes de irmos até a Casa dos Espelhos.

Quando entrei na tenda, consegui ver tudo muito claramente. Era tudo muito dentro do esperado, com objetos claramente esotéricos aqui e ali: a mesa redonda com a bola de cristal ao centro; o tarô dentro de sua caixinha enfeitada; as paredes acortinadas... Mas no momento em que me sentei diante daqueles olhos que brilhavam em constante movimento, subitamente perdi a noção de espaço, de luz, de sombras, de cheiros, de tato... De tudo! É como se houvesse apenas eu, a tal Madame Gris e a mesinha que nos separava.

— Respire, Rae. Você está segura aqui — ela disse enquanto abria um sorriso quase caloroso e olhava pacificamente para a bola no centro da mesa.

— Humm... obrigada.

— Você já escolheu como deseja que eu leia sua sorte?

Minha irmã sempre me disse que, quando confrontada com pessoas que dizem poder ler a sorte alheia, eu deveria dar minha mão. Ela dizia que as linhas da minha palma pareciam uma grade e que o quiromante precisaria de um atlas místico para se orientar antes de me orientar. Não pude deixar de sorrir ao me lembrar do comentário.

Eu podia jurar que ela havia rido comigo da lembrança da minha irmã. Um riso de vó lembrando-se de piadas das netas. Quase o riso da minha avó. Eu disse algo em voz alta? Enfim...

— Já, sim. Leia a minha mão, por favor.

Estendi a mão e Madame Gris a segurou com muita delicadeza. A princípio aquela sensação de haver apenas nós duas no recinto se intensificou. A bola de cristal ainda tinha seu efeito de fumaça interno, mas era algo diferente. O cheiro da tenda foi ganhando aspectos variados, era como se eu estivesse na rua novamente, cheirando grama recém-cortada, fumaça do escapamento de um carro que acabara de passar, e sereno de começo de noite. Senti o vento fresco na minha pele e a palma da minha mão formigou.

Os olhos dela estavam fixos nos meus e sua expressão era neutra, mas eu me via nos dois reflexos opacos esverdeados e uma sensação que não era exatamente constrangimento tomou conta de mim. Pisquei rapidamente para fechar os olhos e então a rua que começara a se formar em cheiros foi ganhando forma novamente.

Era perto da minha casa. Eu havia acabado de sair da casa de Tom e estava voltando para a minha. Estava de bicicleta (nossa, fazia meses que nem encostava na minha bicicleta!) e agora o som era das pedaladas, das rodas na rua e da corrente. Aquele não era o caminho da minha casa, embora eu soubesse muito claramente que era por ali que deveria ir.

Foi então que mais um som se juntou ao do meu pedalar: o de outras bicicletas se aproximando por trás de mim. Elas vinham como se manobradas por triatletas e meu coração começou a acelerar com uma sensação desagradável e familiar. No auge da minha taquicardia, uma voz, inconfundivelmente a de Madame Gris, ecoou em minha cabeça:

"Se você não escapar, isso acabará como nas outras vezes e esta Rae terá o mesmo fim que você conhece."

Eu pedalei mais forte sem olhar para trás, mas conseguia ouvir meus perseguidores se aproximando. "Esta Rae"? Como assim? Como ela sabe que...

Senti uma mão puxando meus cabelos. Um arrepio de horror e dor correu pelo meu corpo.

Eu gritei e puxei minha mão. Madame Gris não ofereceu resistência e eu estava em pé agora, de frente para ela, ainda sentada em sua mesa. Ela não esboçava mais um sorriso, estava com o olhar baixo e uma expressão que mesclava curiosidade, preocupação e certa solenidade.

A tenda estava ali, não estávamos no meio do nada. O cheiro era do incenso, o som era de gritinhos histéricos vindos da montanha russa e tudo era muito real, muito obrigada. Antes que eu respirasse direito e falasse qualquer coisa, ela se adiantou:

— Sente-se, por favor — disse com um tom um tanto maternal. E eu me sentei. — Todas elas que você viu morrer, em todas as noites... todas elas eram você, Raewyn. E em todas as vezes você morreu.

Ela novamente penetrava fundo meus olhos com os dela e eu não demorei para entender do que ela estava falando. Era comum, quase quinzenalmente, que eu sonhasse que era atacada. Sempre de uma forma diferente, em um lugar diferente e por pessoas diferentes. Os sonhos eram sempre envolvendo uma forma violenta e horrível de se morrer. Eu acordava, agoniada e ofegante, uma sensação de vazio se apoderava de mim, mas eu contava (ou não) os sonhos para Tom e ele me fazia perguntas do tipo "Onde eu estava que não te protegi?". Eu não contava, mas em muitos destes sonhos ele estava lá tentando me proteger... e morria também. Em outros, eu estava indo ao encontro dele, ou havia acabado de me despedir dele. Enfim, o que aconteceu (?) ali na tenda em menos de cinco minutos de papo foi exatamente como meus sonhos começaram.

Meus pés tremiam de ansiedade e de certo pânico. Eu não dormi ali com a mão esticada para Madame Gris, tinha certeza. E, no entanto, não só ela havia visto o que eu vi (ou sonhei?) como me disse que elas haviam morrido. Que eu havia morrido. No alto da minha eloquência momentânea, com um par de pernas que pareciam estar tentando se estabilizar em uma cama elástica com nove pessoas pulando ao meu redor, o que saiu foi:

— Hã?

— Se você não tomar o controle, você vai morrer, uma noite por vez. E quando a última parte da sua alma perecer, então não haverá mais o que possa ser feito.

Agora a sensação de vazio começava a aparecer. Eu não conseguia nem organizar minhas ideias direito.

— Como assim, "eu vou morrer"? O que isso quer dizer? São só pesadelos e... como você sabe sobre eles? Se isso foi arranjado com o Thomas, a brincadeira de mau gosto acaba aqui e...

E ela me silenciou ainda olhando para mim. Ela não emitiu som nenhum e eu fui entendendo as respostas dela. Suor gelado corria pelas minhas costas, um suor similar àquele do despertar de pesadelo a cada quinze dias. Minha mão fria (como... um cadáver) não sentia minhas unhas arranhando minha palma enquanto eu tentava dar nexo às palavras dela.

— O que... pode ser feito? — perguntei, juntando o pouco de fôlego que tinha.

Os olhos dela se voltaram para a bola de cristal. Com a mão completamente espalmada, ela tocou a bola do seu lado da mesa, tudo muito tranquilamente. Esperou ainda quieta pela minha reação e um impulso fez com que eu alcançasse a bola do meu lado da mesa da mesma forma. Eu não sabia bem o que esperar, mas tocar nela me surpreendeu.

Eu me senti em outro lugar novamente e meus olhos enxergavam apenas uma fumaça indistinta. Estava escuro e eu parecia flutuar em uma imensidão enevoada. A poucos passos de distância, imagens começaram a se formar: meu primeiro beijo, o primeiro livro que comprei, o primeiro gato que adotei. Tudo acontecia como eu me lembrava, mas então as imagens começaram a se dividir.

Meu primeiro gato, por exemplo, foi o Crow. Ele era um filhotinho preto em uma ninhada de quatro que eu podia escolher. Em uma das imagens divididas, eu escolhi outra filhote e, em minha cabeça, senti que sabia tudo sobre como havia escolhido aquela gata. Era como se eu tivesse vivido as duas escolhas.

E assim foi com cada imagem que foi aparecendo: assisti a diversas memórias alternativas diante de mim. Como eu estivesse vendo o desfecho de inúmeras outras escolhas que eu até então *não* tinha feito em minha vida. Ao ver estes desfechos todos, era como se eu realmente tivesse vivido todas estas... estas... realidades?

Porém, uma a uma, assisti às minhas outras eus perecendo. Uma a uma, eu as vi morrendo uma segunda vez. Os sonhos começaram a se repetir e pouco a pouco as imagens foram se tornando poucas. Quase como se estivessem agora convergindo. Meu coração batia rápido e uma sensação de ameaça iminente tomou conta de mim. Restavam muito poucas agora. Eu quase conseguia cont... Nove! Não, oito! Por que elas estão morrendo assim? O que está acontecendo? Cinco agora e...

— Nosso tempo acabou, Rae — disse Madame Gris.

Eu estava encharcada de suor. Puxei minha mão rápido para longe da bola de cristal e me levantei para sair. Céus, minha mão estava muito fria!

Assim que me aproximei da saída da tenda, ouvi a cigana dizer:

— Sua sorte mudará quando você entender contra quem está lutando. Ou não. Boa noite.

Saí da tenda e Tom esperava por mim. Dei as duas mãos para ele segurar... ele é sempre quentinho.

— E aí, como foi lá? O que seu futuro reserva? Ficaremos ricos? — E sorriu. Aquele sorriso me trazia a paz e segurança do universo todo.

— Acho que depende de ganharmos na loteria, hahaha. Vamos na Casa de Espelhos que você queria?

— Vamos! — E, me pegando apenas por uma das mãos, ele me conduziu até a tenda ali perto, azul e alta. Abriu um dos lados e me deu passagem, mas no momento em que entrei, ele não veio atrás. O ruído do parque sumiu. Não havia entrada ou saída. Só havia espelhos por toda parte.

O cheiro era diferente e a maioria dos espelhos estava muito suja. Não conseguia identificar nada ali. Estava frio de novo.

— Ei! Cadê você? Toooom!

Nada veio como resposta. Comecei a caminhar em meio ao corredor cheio de vidros muito embaçados até chegar na entrada de uma sala cercada por espelhos. A princípio achei que todos estavam sujos também, mas consegui me ver em alguns deles. Quatro eus olhavam para mim quando eu as olhava de volta e...

Perdi a voz. Uma delas não estava me espelhando. Ela estava olhando diretamente para mim, com uma fúria voraz e eu soube naquele momento com quem deveria tomar cuidado. Mas ela não esperou uma reação minha; com uma das mãos, agarrou a borda de seu espelho e saiu em disparada em minha direção.

Enquanto minhas pernas se moviam para correr, tudo o que eu queria era poder acordar sentada em frente à cigana. Mas se eu não me movesse, já sabia qual seria o meu fim. Corri.

EPIPHANIA

CHRIS MISHIMA & RAFAEL R. R. FERREIRA

A noite estava triste, apesar do céu limpo e das estrelas sorrirem para a Terra, mas isso não impediu Frank de visitar o parque depois de muito tempo. Costumava ir ao local passear com sua esposa, sempre no Halloween. Mesmo mais cheio na data, Karen amava o fato de ver muitas crianças fantasiadas se divertindo no parque. Relembrava a infância. Frank e Karen não estavam mais juntos. Três anos antes, Frank simplesmente acordou sem ela ao seu lado, com um bilhete da esposa dizendo que estava indo embora por não estar mais feliz ao seu lado, deixando as palavras justamente por não ter coragem de falar cara a cara e deixá-lo ainda mais triste com a separação. Karen não era uma boa vidente, pois Frank ficou tão arrasado quanto se tivesse escutado as palavras proferidas sem a necessidade de papel e tinta, a ponto de não querer visitar o parque itinerante por trazer lembranças dolorosas da ex-esposa.

Ficou parado na entrada do parque por dez minutos, que pareceram uma eternidade. Foi até lá cheio de coragem para acabar com um trauma e travou bem no passo mais importante. "Vamos, Frank! Você consegue... é só um passo!", pensou consigo mesmo. Lentamente, conseguiu dar o último passo em direção ao parque e entrou. Esbarrou logo numa criança vestida de coelho, quase a derrubando. Balbuciou um pedido de desculpas antes que um dos pais viesse irado reclamar, mas não veio nenhum, além de a criança aparentemente não ter se importado. Pensou em pegar de imediato um algodão-doce, mas se reteve. Era o que Karen costumava fazer assim que entrava no parque. Ele mesmo não gostava de doces. Virou-se então para a barraca de cachorro-quente. Pegou sua refeição com uma cerveja e procurou um canto para se sentar, preferencialmente longe da beira do lago (mais lembranças ruins). Achou um banco vago perto do carrossel, e aproveitou para devorar a primeira refeição desde que acordou. Entre uma mordida, um gole e uma volta do carrossel, uma coisa chamou sua atenção: uma tenda listrada com um cigano à porta.

Frank nunca tinha reparado naquela tenda antes, quando vinha com Karen, ficou bem curioso e resolveu se aproximar lentamente depois de acabar sua janta. Não parecia ser um local muito procurado, visto que em seu trajeto ninguém deu atenção ao cigano que falava da vidente que se encontrava ali. Nesse meio-tempo uma pessoa saiu, numa expressão que Frank não conseguiu distinguir se era de confusão ou de pavor, mas ainda assim sua curiosidade foi grande e apertou o passo em direção à tenda.

— Ah, vejo mais um visitante! — exclamou o cigano. — Diga-me, distinto senhor, veio para ler sua sorte?

— Não, eu estava apenas curioso e...

— Justamente dos curiosos que Madame Gris gosta mais! Vamos, meu amigo! São apenas 10 dólares. Um valor bem pequeno para o que ela pode revelar!

Frank não gostava de se sentir acuado, mas ao mesmo tempo a curiosidade era maior. E talvez pudesse ter o gosto de desmascarar uma possível charlatã. Não acreditava em videntes. Estendeu duas notas de cinco para o cigano, que abriu um sorriso e também a tenda, convidando-o a entrar.

Assim que entrou, percebeu o forte cheiro de incenso da barraca, provavelmente almíscar, mas Frank não saberia dizer, mesmo se não estivesse tossindo com força. Olhou fissurado para a quantidade de adornos no interior da tenda, principalmente a famigerada bola de cristal, tão comumente associada à vidência. Pensou em quanto Karen iria adorar o lugar, apenas para abanar a cabeça em negação em seguida, tentando afastar seus pensamentos dela.

— Vejo que meus aparatos de adivinhação o fascinam, jovem Frank. — Veio uma voz por trás dele, que fez o homem dar um pulo.

Lentamente, a cigana chamada Madame Gris se aproximava de Frank. Espantou-se com o quão magra era, e pela idade avançada, ainda que não indicasse nenhum estado de saúde frágil. Conforme ela saía do escuro para a penumbra, o que realmente espantou o homem foram os olhos da velha cigana. Bem verdes como esmeraldas, mas tão esbranquiçados como uma folha de papel, indicando que era cega. Frank não pôde deixar de reparar nisso.

— Desculpe minha indelicadeza, mas como pode estar vendo? — perguntou o homem, esquecendo-se completamente do fato de ela tê-lo chamado pelo nome mesmo que não o tivesse revelado.

— Madame Gris perdeu de fato a visão corpórea, meu jovem — respondeu a cigana. — Mas ganhou uma visão muito melhor das coisas.

A cigana caminhou até a mesa com a bola de cristal, sem dificuldade alguma, e fez sinal para Frank se sentar na cadeira à sua frente, sendo prontamente obedecida.

— O que gostaria que Madame Gris revelasse a você?

— Sinceramente, não sei o que poderia lhe perguntar. — Frank ainda estava cético quanto aos dez dólares gastos.

— Pois lhe digo, caro Frank, que pode perguntar absolutamente qualquer coisa. Madame Gris pode revelar seu passado, presente ou futuro, pode destrinchar vidas que passaram e que ainda estão por vir. Posso satisfazer sua curiosidade com uma simples jogada de búzios, cartas de tarô, borra de chá... Não importa o meio usado, irei revelar a verdade que procura!

Frank estava de certa forma se divertindo com o show, mas não acreditava em uma só palavra da cigana. Ainda assim, quis fazer valer o investimento.

— Muito bem, Madame Gris. Quero saber onde está minha esposa, Karen.

A velha cigana estreitou os olhos e encarou Frank diretamente, fazendo com que o homem ficasse intimidado, ainda que a intenção dela não fosse amedrontá-lo.

— Sim... — respondeu Madame Gris. — Um coração partido, posso perceber, sua aura me disse tudo. Muito bem, jovem Frank. Como gostaria de saber de sua amada? Escolha um meio e a verdade será revelada.

— A bola de cristal — disse prontamente, pois não conseguia tirar os olhos dela quando não estava olhando para a cigana.

— Pois bem, que assim seja! — Madame Gris começou a passar as mãos por cima da superfície cristalina do objeto, sem encostar nele. — Pense em Karen, o quanto você a ama e o quanto seu coração foi partido pela ausência dela. Olhe bem para a bola de cristal, mas devo alertar: nem tudo o que verá será aprazível, mas Madame Gris garante que é a mais pura verdade.

Frank olhou fixamente para a bola de cristal. De início, via apenas o seu reflexo translúcido na superfície. Mesmo pensando em Karen do jeito que a cigana ordenara, nada acontecia de diferente. Madame Gris continuava com as mãos em cima do objeto sem encostar nele, o som abafado de pessoas se divertindo no parque chegava até ele. Depois de alguns minutos, que pareceram horas, o homem perdeu a paciência e se levantou o mais silencioso que pôde. A cigana fatalmente não lhe veria, pois para ele a facilidade de andar era apenas por já conhecer o ambiente. Decidiu sair da tenda e exigir seu dinheiro de volta com o cigano da entrada.

Assim que passou pela porta, o cigano não estava mais lá. Olhou para trás e até a tenda não estava mais lá. Achou bem estranho isso, mas foi determinado a achar aquele que o enganou. O parque parecia mais vazio e havia poucas pessoas fantasiadas para o Halloween, em comparação com as que estavam ali quando chegou. Começou a procurar atentamente em cada canto, até que uma coisa lhe chamou a atenção: versões mais jovens de si e Karen.

— Local interessante ao qual sua mente levou primeiro, Frank.

Frank deu outro pulo. Madame Gris estava ao seu lado, observando as versões mais jovens dele mesmo e de sua esposa, ainda que achasse estranho, dada a condição da cigana.

— O que fez comigo?

— Madame Gris não fez nada que o jovem não permitisse. Você queria saber onde estava sua esposa, e irei lhe mostrar. Basta que Frank queira muito saber da verdade.

— Mas é claro que eu quero!

— Então é a verdade que terá. Mostrarei o caminho, mas a porta é você.

O dia em questão foi aquele que Frank pediu Karen em casamento, um dia que ambos elegiam como o segundo mais feliz de suas vidas, sendo o casamento em si o primeiro. Lágrimas escorreram do rosto de Frank ao se ver ajoelhado perante Karen, segurando o algodão-doce com o anel cuidadosamente depositado no topo e entregando à sua então noiva. Não entendia como isso iria ajudar a saber da verdade, mas pelas palavras da cigana, foi ele mesmo que chegou ali. Então bastava pensar em quanto queria vê-la novamente que iria correr direto para a revelação prometida pela cigana.

Virou-se para trás e viu novamente a tenda, desta vez com Madame Gris à entrada, sorrindo e fazendo um sinal com a mão direita para que entrasse. O temor inicial do homem não existia mais, seguindo determinado a passos largos em direção à tenda e cruzando a porta sem hesitar.

O cenário não mudou muito. Ainda era o parque na mesma comemoração, embora estivesse um pouco mais cheio. Novamente não via mais a tenda, mas a cigana desta vez já estava ao seu lado. Resolveu confrontá-la ali mesmo.

— Então, onde está a tal revelação?

— Você é deveras impaciente, meu jovem — respondeu a cigana, encarando com seus olhos cor de esmeraldas opacas. — A revelação virá quando menos esperar, veja por si só.

A cigana apontou para frente e Frank acompanhou com o olhar. Viu Karen chorando, desvencilhando-se dos abraços que Frank tentava lhe dar. Frank lembrou-se desse dia: foi justamente quando ela desapareceu depois de deixar o bilhete, três anos antes. Tiveram uma briga, pois Frank havia escondido resultados de exames médicos. Karen queria muito ter filhos, mas não conseguiam de jeito algum. Fizeram exames de fertilidade e, apesar de estar tudo certo com ela, não estava com o marido, mas ele omitiu isso, alegando que se sentia envergonhado por não conseguirem aumentar a família. O casamento de fato estava desgastado por outros atritos, mas para Karen essa foi a gota d'água.

— Eu não entendo. Que revelação está vindo? Eu me lembro disso!

— Madame Gris não duvida, mas Frank escondeu algo de si mesmo, assim como tentou esconder de mim, mas nada me escapa.

Frank ia argumentar, mas algo na visão de fato não estava certo. Em sua lembrança, eles tinham ido para casa, aparentemente melhores, mas no dia seguinte acordou com o bilhete de Karen. O que aconteceu de fato foi Karen correndo para o bosque, pedindo para Frank se afastar dela, pois queria ficar sozinha e que tinha acabado. Frank não obedecia, continuava indo em sua direção.

Havia algo diferente em seus olhos, deixando o Frank do presente horrorizado. Seu eu do passado continuou correndo atrás dela até alcançá-la. Karen tentou gritar, mas este outro Frank tampou sua boca, abafando qualquer pedido de socorro. Então disse:

— Se não quer ficar comigo, não ficará com mais ninguém.

O homem do passado então levou suas mãos ao pescoço de Karen. Por mais que tentasse se debater, a força do atacante era maior. Conforme o ar ia deixando seus pulmões, o Frank do passado falava: "Sinto muito por não conseguirmos ser uma família". Essas palavras doeram tanto em Karen quanto ser morta pelo homem que havia jurado amor eterno para ela. Karen se fora, e o Frank do presente fez menção de vomitar quando viu seu eu do passado arrastar o corpo dela até o rio, atirando-o na correnteza, e depois voltar para o carro como se nada tivesse acontecido. O Frank do presente e a cigana o acompanharam até chegar em casa, onde tomou um banho, descartou as roupas direto no lixo da rua e escreveu o bilhete que seu outro eu viu quando acordou, numa imitação perfeita da letra de Karen, e foi dormir.

— O que é tudo isso? — Frank perguntou, desesperado.

— A verdade, como prometido.

— EU NÃO MATEI KAREN!

— De fato não matou, mas sua negação em viver sem ela fragmentou sua mente e trouxe alguém que fizesse isso por você.

— Não pode ser verdade!

— Madame Gris garante que é — respondeu rindo.

Frank estava na tenda novamente, sentado em frente à bola de cristal com a cigana, ainda sorridente, olhando para ele à espera de mais perguntas, mas o homem nada perguntou. Saiu correndo da tenda, com a chuva um pouco mais forte, em direção ao bosque onde a verdade fora revelada, nunca mais sendo visto.

O BANDO

SOPHIA GASPAR LEITE

Apesar de ser outono, o vento entre as barracas estava quente e trazia um cheiro enjoativo de suor e pipoca, fazendo o estômago de Curtis revirar. Mais que isso, ao seu lado, sua mãe e o novo namorado trocavam olhares que pareciam simplesmente errados, pois o lembravam de que, um ano antes, ela fazia exatamente a mesma coisa com o marido. Ex-marido.

— Eu vou me encontrar com os caras — declarou, se virando sem uma resposta.

— Não faça besteira! — A voz dela, no entanto, o alcançou quando ele passou pelo carrossel, fazendo-o bufar baixinho. Não era ele quem vinha fazendo besteiras ultimamente.

Olhou ao redor e absorveu a paisagem, as crianças fantasiadas, os adultos alegres e as decorações espalhadas. Aquele provavelmente era o primeiro Halloween em seus treze anos de vida em que não estava animado com as comemorações. Depois do divórcio e da mudança do pai, certas coisas comuns agora pareciam fora de lugar.

— Bú! Para quem você vai ligar?! — Duas mãos pousaram de repente em seus ombros, assustando-o.

— Não faça isso, Martin.

— Mas foi hilário!

Curtis revirou os olhos e analisou os dois garotos fantasiados de caça-fantasmas na sua frente. Um baixo e rechonchudo, o outro alto e desengonçado. Seus melhores amigos desde sempre.

— Estão atrasados.

— *Donald* aqui parou para pedir doces em todas as casas do caminho.

— Eu estava com fome!

— Sei. — Martin revirou os olhos e focou-se nele. — Tudo bem?

— Sim. Por quê?

— Você não veio fantasiado. Achei que tínhamos combinado. — Ele apontou para a mochila de prótons nas costas.

— Eu não consegui arranjar a fantasia. Mamãe saiu com o Greg e esqueceu, aí quando fomos na loja, já estava fechada. Foi mal.

— Devia ter avisado. Agora eu e Don parecemos idiotas com macacões cor de cocô.

— Ei! Eles estão mais para cor de chocolate.

Curtis riu, sentindo-se um pouco melhor. Honestamente, não sabia o que faria sem aqueles dois bobões na sua vida. A amizade deles era a única constante, a única coisa com que ele sabia que podia contar.

— Devíamos ter ficado em casa jogando *Donkey Kong*. O fliperama fechou cedo porque Kevin queria ser o primeiro na barraca do beijo.

Os três se focaram na tal barraca à direta, onde o adolescente citado segurava uma nota e se inclinava na direção de Lisa Harris.

— Eca! — Fizeram ao mesmo tempo e desviaram da cena.

— O que vamos fazer agora?

— Quero ganhar tickets para conseguir aquela pistola de água. — Martin apontou para os brinquedos expostos.

— Minha mãe me deu semana passada, não tem nada demais. — Don observou.

— Nem todos nós temos uma família que nos dá todos os brinquedos do mundo, cara.

— Nem todos nós temos mais uma família. — Curtis se sentou em um banco, de repente irritado. Alguém havia deixado uma maçã do amor cair e o caramelo havia derretido na calçada, atraindo formigas.

Martin coçou a cabeça. Ele sempre havia sido o mais impulsivo do trio, criando planos mirabolantes que envolviam idas para a sala do diretor e um ocasional armário explosivo. Já Don apenas se sentou ao lado do amigo e lhe tocou o ombro. Havia uma marca em seu pulso de quando os valentões da escola o haviam amarrado em um cubículo do banheiro.

— Melhora depois — ele murmurou.

— A vida dos meus pais não melhorou. Papai foi demitido hoje. — Martin suspirou e por fim também se sentou. — Eu queria sair desse lugar.

— E eu queria meu pai de volta. — Curtis franziu o cenho e colocou o sapato no meio da fileira de formigas, vendo-as se bagunçarem. — Se ele estivesse aqui, estaria nos contando sobre o dinheiro escondido dos russos na caverna da praia.

— Sim. E sua mãe estaria brigando com ele por nos contar essas coisas.

— Ela sempre brigava com ele. Não sei nem por que se casaram.

Don olhou-o de lado.

— Você teria ido? Se seu pai tivesse pedido?

Curtis não respondeu de imediato. Havia pensado muito no porquê de ter sido abandonado e no que efetivamente faria, caso o convite tivesse sido feito. Sua mente fértil havia imaginado ambos, pai e filho, vivendo na estrada, comendo comida de posto e procurando tesouros esquecidos pelas pessoas preocupadas demais em ter uma rotina. Parecia incrível. No entanto, ele estaria sem seus amigos.

— Se eu fosse, para quem eu iria ligar? — Brincou e eles riram.

— Vocês, garotos, deveriam fazer as perguntas certas.

Os três ergueram o rosto e se depararam com um homem esbelto, de cabelos negros, presos por uma bandana. Suas roupas eram coloridas iguais às luzes do parque, tornando-o parte viva da atração. Seu sorriso travesso insinuava um desafio, coisa que nenhum bando de garotos insatisfeitos poderia recusar.

— Como assim?

O cigano fez um gesto ensaiado para a barraca atrás de si.

— Madame Gris sabe tudo! Os astros lhe contam verdades que nem mesmo um espelho ousaria revelar. Passado, presente ou futuro! Venham, se aproximem! Deixem que Madame Gris toque o fundo de suas almas... Por apenas dez dólares. Pagamento adiantado.

Martin revirou os olhos.

— Isso é um roubo!

Don e Curtis, no entanto, se entreolharam e o segundo tateou os bolsos atrás de dinheiro.

— Eu só tenho cinco.

— Eu tenho o resto, pode pegar. Pergunte o que quiser para a Madame Min.

— Madame Gris.

— Aqui. — Ele entregou o dinheiro para o homem e encarou a abertura da tenda. O outro fez um gesto de incentivo.

— Vá em frente.

Curtis seguiu um curto caminho até uma mesa redonda no centro. A decoração do lugar era espalhafatosa, dourada, e não combinava com o perfume exótico e metálico no ar.

— Olá, Curtis.

Ele deu um pulo e encarou a senhora parada no canto. Ela possuía cabelos grisalhos e pele castigada pelo sol, com rugas marcadas. O que mais chamava atenção, no entanto, eram seus olhos cristalinos, brilhantes, mas desprovidos de visão. O menino demorou um pouco para se sentar em uma das almofadas que ela apontava.

— Como sabe meu nome?

— Eu sei muitas coisas, afinal, é por isso que está aqui, não? — Madame Gris se acomodou na sua frente e indicou os objetos na mesa. — Qual meio vai querer?

— As cartas — ele murmurou, ficando surpreso quando a velha cigana pegou o baralho e embaralhou-o com habilidade.

— Saiba que uma vez começada a leitura, não poderemos mais parar.

— Por que eu pararia?

Ela deu um sorriso torto enquanto espalhava as cartas e pedia para ele separar em três montes em cima da toalha de veludo. A bola de cristal ao lado pareceu refletir algo em seu rosto. Empolgação.

— Mentalize uma pergunta.

O menino concordou, observando os dedos esqueléticos deslizarem pela superfície colorida do papel.

— Três de Espadas, rompimento.

— Não pode ser, eu queria saber sobre meu pai e amigos.

— Uma carta de tarô com um três é mais do que uma sugestão. — A senhora se inclinou e sua voz pareceu se tornar distante. — Ela é como uma linha na areia que onda nenhuma consegue apagar. Inevitável.

O mundo ficou suspenso com aquelas palavras. Curtis tombou, os olhos se fechando até que os sons e luzes aos poucos voltaram e fizeram sua cabeça doer. Quando os abriu novamente, o cheiro metálico se fundiu com sua língua e ele notou que a ferida no lábio sangrava. Era isso o que dever dinheiro para pessoas perigosas causava, mas nunca havia conseguido dizer não para os esquemas do pai. Teve que arranjar os fundos de algum modo.

No fim, Martin tinha razão, a vida não havia melhorado, apenas se tornado mais complicada. E falando no amigo...

— Isso é sério? — perguntou ao homem na sua frente, que andava em círculos. Ele pegou uma folha de registro velha e foi até o mapa da cidade preso na parede.

— Olhe os dados.

— Estamos em 2016, ninguém acredita mais em espiões russos.

— Isso não significa que eles não existiram por aqui. Estou falando Curtis. Seu pai estava certo. Tem dinheiro naquela caverna.

— Ele passou todos os anos 1980 procurando e nunca achou nada.

— Ele não tinha acesso aos arquivos privados da biblioteca.

— Qualquer um entra lá. E você mal arranjou esse emprego e já vai fazer besteira. — Curtis passou a mão nos cabelos e suspirou. — Já avisou Don?

Martin fez uma careta.

— Donald?

— Ele é nosso amigo.

— Ele era nosso amigo, sabe-se lá o que é agora. A família dele é dona de metade da cidade, compraram e faliram todos os pequenos negócios. Eu estou na merda por causa deles. Mas se precisamos...

— Precisamos. Nós três juntos, lembra?

— Hum.

Curtis pegou o telefone e parou por instantes.

— A maré fica baixa por pouco tempo. Acha mesmo que vale a pena ir lá embaixo?

— Eu aposto minha vida que sim.

A história de Herman Phillips era a típica do homem recluso e rico que ganhou a fama de mal-intencionado. Quando em uma noite, sem explicação, ele fez as malas e desapareceu, ainda mais boatos se espalharam, principalmente quando encontraram livros em russo guardados em seu porão. O que as pessoas não sabiam era que Herman havia comprado uma passagem para a balsa e nunca aparecido. A teoria de Martin era que ele havia se escondido na caverna das proximidades e perdido a hora, ficando preso quando as águas subiram.

Não era uma certeza, mas, para os desesperados, era algo ainda mais tentador: uma chance. E era por isso que agora os três estavam em um local sem serviço e com as roupas ensopadas, se esgueirando por um corredor apertado.

— Martin, talvez seja melhor voltarmos — Don murmurou.

— Para você é fácil falar.

— Mais um pouco. Já começamos, não podemos parar.

Alguns minutos depois, eles finalmente saíram em uma pequena galeria sem saída, com musgo crescendo pelas paredes rochosas. Não havia luz fora a das lanternas, revelando um ambiente intocado por tudo, menos água. Curtis por um segundo desejou que seu pai pudesse ver aquilo tudo.

— Este lugar é incrível.

— E não tem nada — Don acrescentou.

— Tem que ter. — Martin olhou ao redor e se ajoelhou perto de um monte de algas, afundando os braços pelas entranhas das plantas e rasgando-as, procurando. — Temos que achar algo! Eu preciso do dinheiro, minha filha... eu preciso!

— Martin... Martin! — O mais baixo se aproximou e tentou pará-lo, mas foi empurrado. — Cara, me escuta! Temos que ir. Se você precisa de dinheiro, pode me pedir.

— Cala a boca, desgraçado! — Ele se virou e o socou. — Isso é culpa de vocês!

— Do que está falando? — Don olhou-o sem entender, tocando o rosto, surpreso.

— Sua família nojenta! Eles acabam com tudo! Meu pai se matou depois que perdeu o emprego, quando seu avô fechou a fábrica de carros. E agora seu pai acabou com o meu negócio. Mas eu me recuso a ser fraco igual ao meu velho. Não, eu vou dar um jeito.

—Você não pode me culpar pelo que fizeram. Sabe que eu nem falo mais com eles! Depois que eu me assumi...

— Está no sangue.

— Querem calar a boca?! — Curtis gritou, interrompendo-os. — Isso aqui era para ser uma aventura, para nos unir de novo. E vocês estão estragando tudo!

Martin e Don se entreolharam.

— Do que está falando?

O outro riu.

— Não é óbvio? Eu planejei essa viagem. Um tesouro perdido, sério? Falsifiquei os registros para Martin encontrar e deixei que sua imaginação e as histórias do meu pai fizessem o resto. Aquele desgraçado. Eu achei que podia confiar nele, mas não. Só queria dinheiro. E eu sabia que o Don aqui viria se eu pedisse. Sei que gosta de mim, cara, e me sinto honrado. Sério. Honestamente, se quase morrer nas mãos de capangas me fez ver algo, foi que eu só posso confiar em vocês. Estávamos todos infelizes lá fora, não? Por isso nos trouxe aqui. Para ficarmos juntos. O resto não vale a pena.

Somente então eles notaram a água em seus calcanhares e subindo.

— O que você fez?!

— Eu reuni o bando, óbvio!

Martin se adiantou depressa para a saída, mas escorregou e deixou a lanterna cair. A água ao seu redor assumiu uma coloração vermelha, fazendo Curtis suspirar.

— Já é tarde demais. Não tem saída.

Houve um silêncio pesado. Então o caído começou a rir e sua risada ecoou pelas paredes da caverna, se mantendo mesmo depois que a água o cobriu e não restou mais bolhas. Don ainda tentou pegar o celular e chamar alguém, chorando. Curtis o deixou, distraído. O reflexo na água o fazia se lembrar da noite em que visitara a cigana, muitos e muitos anos antes.

Sorriu quando o outro derrubou o telefone.

— Para quem você vai ligar? — recitou, e depois também foi engolido pelas águas.

DEFUMADOR

EDUARDO MACIEL

Não sei por que cargas d'água Seu Osmar resolvera levar a família para celebrar o Halloween nos Estados Unidos justo naquele ano de 1985. Coitado... juntou todas as suas economias para a viagem, e disse à família que ouvira dizer no horóscopo da *Gazeta do Rio de Janeiro* que aquele seria um Dia das Bruxas especial em razão da conjuntura astral.

Coisas de Seu Osmar, um cara místico. Daqueles.

Pois bem: sem saber uma palavra de inglês, entrou altivo em uma agência de viagens e usou todo o dinheiro que tinha para a compra do pacote: hotel, passagens aéreas, traslado de ida e volta para o aeroporto e ingressos para o parque da cidade, para a noite esperada. Ainda bem que o pacote para aquela cidadezinha pequena não se comparava com os preços para as metrópoles. Com ele foram Tia Célia, sua esposa e Tainá, a filha.

Na bagagem, como não poderia deixar de ser, Seu Osmar levou o seu defumador. Eles eram inseparáveis! Seu Osmar o levava consigo para onde quer que fosse, especialmente se fossem viajar. Ele acreditava piamente que defumar a tudo e a todos era uma forma muito eficaz de proteção contra maledicências de todo tipo.

Após algumas cenas realmente cômicas no aeroporto e no serviço de imigração norte-americano, conseguiram partir rumo ao quarto de hotel. Digno, mas bem modesto hotel. Chegaram a tempo para a comemoração, no parque itinerante da cidade. Ainda bem que Tainá sabia falar inglês, porque se não fosse esse talento, eles ainda estariam tentando explicar os motivos da viagem para o agente da alfândega do aeroporto.

Já no parque, ficaram todos em êxtase com o cheiro de pipoca e algodão-doce presente em todos os cantos daquele lugar. Tia Célia adorava algodão-doce, então vocês já imaginam o quanto ela ficou de fato animada. Tratou logo de comprar um, deixando o troco de gorjeta para o vendedor, como lhe ensinara Tainá sobre os modos norte-americanos.

Logo ao lado da barraquinha de algodão-doce se notava a tenda cigana. Impossível não notar a sua presença, com aquele revestimento todo ornado com tecido listrado. Na frente da tenda, um rapaz esquisitamente empolgado chamava os fregueses, segundo relatou Tainá, a única intérprete da família.

Supersticioso como poucos, Seu Osmar cismou de se consultar lá com a tal Madame Gris, cujo nome o rapaz não cessava de repetir, com aquele sotaque estranho, meio forçado. Apesar da insistência de Tia Célia e Tainá para que ele desistisse da ideia, ele pagou adiantado para o tal rapazinho da porta e foi lá se consultar. Sozinho, porque mesmo em inglês ninguém poderia ficar sabendo de suas intimidades espirituais. Ainda que Tainá tenha praticamente implorado para entrar junto com ele, para ao menos traduzir as conversas, garantindo assim que Seu Osmar iria aproveitar os conselhos da velha cigana. Não. Sozinho ele pagou, sozinho ele iria ter com a tal Madame Gris.

Dentro da tenda ele permaneceu por mais de uma hora. Durante a primeira metade do tempo, Tainá ficou ali parada praguejando, irritada com a teimosia do pai e depois, com aquele gasto de dinheiro totalmente desnecessário. Depois, começou a achar que de algum jeito eles estavam conseguindo se comunicar lá dentro, e levou a mãe para dar uma volta no parque, em meio às crianças e seus pais, a maioria fantasiada com figurinos assustadores para celebrar aquela noite de "brincadeiras ou travessuras".

Passearam bastante pelo parque, e após o terceiro algodão-doce de Tia Célia, resolveram voltar para encontrar Seu Osmar em frente à tenda. Foram achando que ele já teria terminado aquela tal consulta. Mas não. Ainda ficaram mais algumas dezenas de minutos até que ele saísse, pálido como uma vela e com uma aparência aterrorizada. Saiu praticamente correndo da tenda, tropeçando no mocinho de quase dois metros de altura, que anunciava para todos que Madame Gris isso e aquilo.

Tratou de segurar com uma das mãos o braço de Tia Célia e, com a outra, o braço de Tainá, e se apressou a tentar sair do parque e voltar para o hotel, repetindo frases desconexas, misturando morte com fumaça, nem sempre nessa mesma ordem. Se elas tentaram resistir para aproveitar um pouco mais o parque? Claro. Mas Seu Osmar era realmente obstinado. Quando ele colocava algo na cabeça, era praticamente inviável demovê-lo da ideia.

Apenas após chegar ao hotel, e depois de um banho quente merecido, a família ficou sabendo o que acontecera lá na tenda da Madame Gris. Seu Osmar explicou que ela o recebeu sorrindo, em meio a velas e imagens místicas, e que o teto da tenda, por dentro, imitava um céu repleto de planetas e estrelas pintados num tecido preto. Como a comunicação verbal foi totalmente impossível, tentaram se entender por meio de sinais. Não adiantou nada. Daí, Madame Gris deu um meio sorriso, e se lançou a jogar cartas de seu baralho cigano para Seu Osmar. Aquele sorrisinho de canto de boca foi uma das poucas coisas que para ele fizeram sentido durante a consulta, porque era um sorriso do tipo sarcástico, de alguém que já recebera pelo serviço, conseguindo se comunicar com o cliente ou não. Consumo pelo consumo. A cara dos anos 1980, para a decepção de Seu Osmar.

Só que a questão nem era essa. Ao menos não para ele. Sentado na beira da cama de frente para as duas mulheres, Seu Osmar contou que, em dado momento, ela tirou a carta da morte, e em seguida começou a defumar a tenda com incensos. A expressão facial dela indicava que a carta da morte nem era tão ruim assim, mas ele obviamente não acreditou na cigana. E lembrou. Lembrou-se de que, dentro de sua mala de viagem, havia um defumador e, dentro dele, suas roupas. Roupas dentro do defumador? Isso mesmo. Defumador para Seu Osmar só valia alguma coisa se fosse tipo aqueles do Vaticano. Grandes, sabe?

De um sobressalto, Seu Osmar pulou da cama e foi abrir a sua mala. De lá tirou o pesado e prateado defumador, e começou a preparar seu uso, enquanto Tia Célia e Tainá, perplexas, lhe pediam explicações. Ele até tentou explicar, mas só conseguia falar de morte e incenso, repetindo, cada vez com um tom de voz diferente, o que já havia contado a elas sobre a experiência dentro da tenda.

Preparou o defumador e começou a defumar o quarto de hotel. Se fumar era permitido, por que não o seria defumar? Esse era o pensamento dele.

E começa a fumaça. E ele varre cada singelo canto de cada um dos poucos cômodos do quarto de hotel. E a fumaça aumenta. E ele ignora os pedidos de Tainá para que parasse com aquilo. E a fumaça toma conta de absolutamente tudo, mesmo com as janelas abertas.

Estridente, toca o alarme de incêndio do prédio. Tia Célia automaticamente tomba, passando mal. Mas não antes de Tainá sair do quarto, batendo com força a porta. Sem saber o que fazer, Seu Osmar larga então o defumador no chão e parte em direção à esposa desfalecida, em meio ao fumacê. Oferece a ela um copo com água para beber, e a posiciona perto de uma das duas janelas para que ficasse o mais longe possível da fumaça. Torce para que a esposa fique bem, mas sabe que vai dar tudo errado.

Ah, o que seria de nós todos sem pressentimento? Pois bem, Seu Osmar é prova viva disso. O norueguês, hóspede de cima, se antecipou ao ouvir a sirene de incêndio e ligou, pedindo à telefonista que avisasse ao Corpo de Bombeiros norte-americano sobre um incêndio no hotel. Logo após a ligação, desceu pelas escadas externas do edifício e entrou no quarto dos brasileiros, deparando-se com a cena de Seu Osmar perto da janela, acudindo a sua leal esposa. Tentou, em inglês, perguntar sobre o que estaria acontecendo ali, sobretudo depois de ter percebido que não se tratava de incêndio nenhum, mas sim da maluquice daquele homem com aquele defumador daquele tamanho. Como os do Vaticano, lembra?

O norueguês começou a ficar cada vez mais irritado. Afinal, ali havia duas pessoas já de meia-idade, nos Estados Unidos, sem saber falar inglês, com um superdefumador capaz de emular um incêndio, atrapalhando as suas merecidas férias.

Tia Célia, já recobrada, percebe intuitivamente que o melhor a fazer é aguardar os bombeiros e tentar acalmar aquele moço ruivo, de pele vermelha como tomate. E, também de forma intuitiva, encheu um pequeno balde do banheiro (umas três vezes seguidas) para apagar o defumador e dissipar a maior quantidade de fumaça possível, antes de terem que interagir com as autoridades.

Ao fundo eles ouvem um batuque. Batuque. Batuque. Sirene. Batuque. Sirene. Sirene.

Os bombeiros chegam com toda a parafernália para aplacar um incêndio. Fecham a rua do hotel em minutos, posicionam dois caminhões com escada de resgate em frente à fachada e em uma questão de segundos adentram o foco da coisa.

E descobrem de imediato que tudo estava relacionado àquele maldito (e grande) defumador.

Seu Osmar tenta indicar com gestos que os bombeiros seriam bem-vindos, caso quisessem se defumar também. Sim, porque aquilo era muito importante e ele tinha certeza disso, depois de sua consulta com Madame Gris no parque de diversões. Como era de se esperar, nenhum dos bombeiros ficou nada satisfeito com aquilo. Trataram de abrir todas as janelas de todos os quartos do hotel, desmobilizaram as unidades nas extremidades do prédio e liberaram a circulação pública, para só após descerem junto com Seu Osmar ao lobby, onde se juntaram à Tia Célia e Tainá, e puderam então conversar sobre toda aquela confusão. Sorte que Tainá tinha apenas ido beber uma dose de uísque no bar externo do hotel. Se ela tivesse ido para longe, como o casal se explicaria aos bombeiros, sem falar a língua do local? Sorte.

Só que naquela família sorte não tardava a virar azar. Não mesmo. E foi exatamente o que ocorreu quando Tainá passou a, em inglês, explicar tudo.

Voltando ao momento no parque, ao Dia das Bruxas e à tenda cigana, aos tecidos listrados e a Madame Gris, Tainá expôs que, no tal momento em que Seu Osmar se deparou com aquela carta da morte, e como a cigana depois disso começou a perambular pela tenda com um incenso aceso, Seu Osmar fez uma associação mental macabra. Toda vez que ele sentia que algo de ruim ia acontecer na vida, desde que era pequeno, ele acendia um defumador para espantar qualquer mal que estivesse se aproximando de sua família. Ao ver a cigana com o incenso, ele pensou que a carta da morte poderia querer dizer que ele, sua mulher e sua filha poderiam morrer na viagem de volta ao Brasil, provavelmente em um acidente aéreo. Por isso usou o seu defumador, sem saber sobre os detectores de fumaça e, portanto, sem ter a menor ideia do que ele próprio provocaria naquele hotel norte-americano.

Enquanto falavam, uma figura adentrou o hotelzinho. E todos acompanharam com os olhos a sua entrada. Sim, era ele mesmo! O cigano da porta da tenda em pessoa, filho da Madame Gris.

Todos no local se calam, e assim permanecem impassíveis enquanto o rapaz cruza o ambiente, em seu andar pausado. E, quando ele por eles passa, olha fixamente para Seu Osmar com seus olhos expressivos e, numa mistura de sarcasmo e mistério, coloca fim ao silêncio, desejando em alto e bom som (e em português) que Seu Osmar tivesse um excelente dia, e que tinha amado revê-lo depois de tantos anos.

Passa, mantendo o seu ritmo de caminhada pela porta-giratória do hotel, e meio que desaparece por dentre os carros do estacionamento, enquanto o silêncio é retomado.

E, na cabeça de Seu Osmar, aquela mistura de vergonha e culpa com um grande orgulho de si mesmo. Culpa por ter inventado essa viagem com um propósito em mente muito bem definido. Culpa também por ter mentido para a família sobre as economias que estava fazendo para a viagem, inclusive no que se refere ao curso de inglês que pagou para Tainá desde menina. Mas orgulhoso. Orgulhoso por não ter permitido, com a força de seu defumador romano, que a profecia da cigana se cumprisse...

Aquela que ela havia feito no Rio de Janeiro vinte anos antes de que, caso ele não a encontrasse onde quer que ela estivesse pelo mundo em 1985, um grande mal se abateria em sua família, e nas gerações seguintes, por todos os séculos vindouros.

Coisas de Seu Osmar, um cara místico. Daqueles.

Tão logo Seu Osmar saiu, uma risada gostosa ecoou por toda a tenda, contagiando até mesmo a cigana.

— Noturno gosta de velho maluco! Velho maluco veio mesmo!!

— Você nem se alimentou! Só queria se divertir, não é mesmo?

— Noturno também tem senso de humor.

— Eu percebi quando dez anos atrás você manipulou a leitura dele, fazendo ele aparecer agora, vindo de tão longe!

— Noturno não achou que ia vir... foi divertido ver velho maluco de novo.

— Fico feliz que esteja se divertindo, mas ainda tem uma parte preta no medalhão... podemos continuar?

— Podemos... Noturno promete não zombar mais hoje...

O TERÇO CIGANO

SIMONE ALMEIDA

A lua cheia se distanciava da linha do horizonte, clareando a escuridão enquanto passeava por entre as nuvens que eram levadas pelos ventos quentes, atípicos para uma noite de outono. Eu denominava aquele fenômeno de "Noite Mística", porque nela o sobrenatural imperava!

Vestida em estilo *dark*: calça, blusa e jaqueta; calçando botas também pretas, usando os meus cabelos castanhos repicados penteados no estilo Madonna, eu caminhava pelo parque de diversões. Era noite de Halloween do ano de 1985. No serviço de som tocava Supertramp — "My Kind of Lady".

Por ironia do destino, a protagonista da decoração daquele lugar era a razão da ansiedade que me paralisou por mais de cem dias, e que só foi controlada após inúmeras sessões de psicoterapia.

Robert estava ao meu lado. Um príncipe encantado de cabelos louros-escuros encaracolados, olhos verdes e lábios carnudos rosados! Infelizmente eu não conseguia olhar para ele sem recordar do terror que vivi no mesmo dia em que o conheci.

Eu e Robert nos conhecemos numa tarde de verão! Pedindo licença, ele se sentou ao meu lado enquanto eu saboreava um croissant num café próximo ao meu trabalho. Ao vê-lo, tive um déjà-vu, mas desprezei meu sexto sentido quando soube que ele viera de muito longe.

Após uma longa conversa, anoiteceu! Robert me acompanhou até o prédio onde eu dividia um apartamento com a minha amiga Cindy. Cavalheiro, ele se despediu beijando a minha mão e fez questão de levar consigo a promessa de que nos encontraríamos novamente.

Animada com o meu novo "amigo", subi a escada que me levaria ao segundo pavimento. Ao chegar, fui acometida de um enorme susto. Uma aranha-caranguejeira, horrível, enorme, alojada na porta do meu apartamento. Aos gritos desci a escada até encontrar Tony, o jovem porteiro latino.

Imediatamente, Tony subiu com uma vassoura, retornando algum tempo depois em busca de uma pá de lixo para remover o horrendo aracnídeo que ele acabara de exterminar.

A partir daquele dia entrei em paranoia! Eu tinha a impressão de que, a qualquer momento, me depararia novamente com aquela criatura dos infernos! Eu não me sentava sem antes verificar se não havia uma aranha embaixo da cadeira e todas as noites vistoriava o meu quarto para conseguir dormir.

Minha ansiedade me desestruturou! Robert ria de mim, pois achava um absurdo uma mulher adulta de 1,70 m de altura, temer um "bichinho". Ele não entendia o meu pavor e nem eu mesma me entendia!

Naqueles meses, Robert foi imprescindível em minha vida! Ele semanalmente me mandava flores e, quando conseguia sair mais cedo do trabalho, me fazia companhia no café. Mas eu não conseguia viver plenamente aqueles momentos a dois por causa do meu medo.

Eu queria descobrir os motivos de tanto sofrimento e daqueles sonhos que eu tinha desde menina, mas que se intensificaram nos últimos meses. Neles eu sempre estava num lugar escuro, uma espécie de calabouço, e lá havia muitas aranhas que vinham em minha direção.

Apesar dos arrepios e tremores que as aranhas artificiais me causavam naquela noite de Halloween, eu queria esquecer tudo aquilo e curtir aqueles momentos com o meu príncipe de olhos verdes.

O parque estava lotado de pessoas se divertindo. Fizemos o mesmo, andamos nos brinquedos, comemos pipoca e algodão-doce! Explorávamos o lugar quando me deparei com uma tenda, onde um homem cigano, esbelto, cabelos negros e longos, anunciava os serviços de Madame Gris, dizendo que ela sabia tudo o que estava oculto na alma das pessoas.

E revelaria!

A proposta me chamou a atenção! No entanto, era uma brincadeira cara: dez dólares para que fosse revelado o presente, o passado e o futuro! Mesmo assim, eu me interessei. Quem sabe ela daria uma pista que me fizesse entender os motivos daquele medo insano.

Robert achava aquilo uma besteira, mas ao perceber que não me convenceria a desistir, resolveu esperar na barraca de tiro ao alvo, que ficava em frente à tenda.

Paguei os dez dólares ao homem e entrei na tenda colorida. O incenso exalava o aroma de rosas e me trazia paz.

— Anne, eu estava esperando por você!

Assustada, olhei para a velha cigana de pele castigada por manchas de sol, rugas e de uma magreza que ressaltava os ossos. Seus cabelos eram longos e grisalhos. Percebi que ela era cega ao ver seus olhos verdes acinzentados cristalinos com as írises esbranquiçadas.

Como ela sabia o meu nome? Certamente Robert o pronunciou e o cigano, ardiloso, usando um truque qualquer, a informou!

Madame Gris se mostrou confiante ao dizer:

— Anne, eu preciso que você escolha: cartas, búzios, bola de cristal ou sua mão?

Sentei-me em frente a ela, respirei fundo e respondi:

— Bola de cristal!

— Bela escolha, Anne! Então, o que você quer saber?

Fui direta:

— Qual a razão do meu medo insano? De onde isso vem?

Ela respondeu:

— Apesar do seu sofrimento demasiado, não veja ela, a razão do seu medo, como uma inimiga. Ela surgiu no seu caminho para que hoje você viesse aqui! Anne, tudo vem do seu passado!

— Não, Madame Gris. Nada disso aconteceu no meu passado!

— Aconteceu, sim! Há séculos, numa outra vida!

Um forte calafrio percorreu a minha espinha! Ela passava as mãos na bola de cristal e, apesar da cegueira, parecia ver algo. E continuou dizendo:

— Eu te vejo num lugar ermo, medieval, com vestido longo de cor clara e com os cabelos negros trançados. Suas mãos estão amarradas. Ele está furioso e grita! Apesar de você relutar para não ir, ele te puxa com a corda, vocês descem as escadas e chegam num porão escuro. Ele abre uma grade e te empurra para dentro dizendo: "Ficarás presa aí, até morrer envenenada pelas picadas das aranhas".

Conforme Madame Gris descrevia, eu visualizava perfeitamente aquela cena de terror! Desesperada, eu tremia, suava frio e chorava!

Após quinze minutos eu me restabeleci, reorganizei os meus pensamentos e continuei perguntando:

— Se isso aconteceu em outra vida, por que esse desespero me acompanha até hoje?

— Simples! Ele, o seu algoz, ainda não recebeu o seu perdão e não sabe que precisa disso para que possa seguir a sua caminhada!

— Ele? Ele quem?

— Olhe para a bola de cristal, você mesma o verá!

Assustada, fechei os olhos e respirei fundo antes de olhar para a bola cristalina. Algumas manchas, como nuvens escuras, foram surgindo e um semblante começou a ser formado.

Com medo do que a bola poderia revelar, pensei em desistir, mas não consegui! Eu estava presa àquilo!

Entrei em pânico quando o rosto do meu algoz foi revelado!

Sim, era ele, Robert! Seu rosto não aparentava a gentileza dos últimos meses, e sim ódio, um ódio cruel, um ódio mortal!

Trêmula, sem saber como faria para sair daquela tenda e fugir, respirei fundo e fiz uma última pergunta à Madame Gris:

— Por que ele me odiava tanto assim? Esse ódio é perene?

— Pelo mesmo motivo que até hoje os homens ainda matam as mulheres amadas! Ciúmes! Possessão! Orgulho ferido! Mas você era inocente! Você nunca o traiu! Perene ou não, dependerá de você!

Em pânico, levantei-me da cadeira e disse:

— Eu preciso ir embora. Tem outra saída? Eu preciso fugir dele! Ele está me esperando lá fora!

— Não adiantará você fugir! Ele te perseguirá pela eternidade porque não encontrou a paz! Sem o seu perdão ele te matará mais uma vez!

Naquele momento, Madame Gris, tateando a mesa, encontrou uma caixa colorida e dela retirou um terço diferente, composto por contas de cristais em forma de reluzentes rosas vermelhas, uma medalha e um enorme crucifixo.

Madame Gris estendeu a mão e me entregou o objeto, dizendo:

— Anne, leve isso com você, esta será a sua arma para essa e para as outras batalhas que virão! Trata-se de um terço cigano, ele tem a medalha de Santa Sarah Kali, que te protegerá, e o crucifixo que você deverá usar contra ele! Lembre-se do perdão! E, por último, seu nome era Hannah e o dele era Hob! Ao perdoá-lo, não se esqueça de pronunciar os nomes. É preciso que ele saiba que você já conhece toda a história.

Em pânico, afastei a cortina lateral da tenda e, de lá, vi Robert de costas. Caminhei em ritmo fugaz e, ao sair do parque, passei a correr, sempre olhando para trás verificando se ele não estava me seguindo. Cheguei ao meu prédio, passei pelo Tony e subi a escada.

Ao dobrar o corredor para me aproximar da porta, no mesmo lugar onde encontrei a aranha, estava ele, Robert, sorrindo para mim!

Desesperada, tentei retornar, mas ele disse de forma gentil:

— Anne, você sumiu. Eu fiquei preocupado e resolvi ver se estava aqui!

Seu semblante era tão calmo que, por um instante, eu me senti ridícula por ter acreditado na cigana. Envergonhada, me aproximei dele, mas, assim que a sua mão tocou o meu pescoço, o seu semblante mudou, seus olhos ficaram vermelhos e ele passou a apertar o polegar na minha garganta, fazendo com que eu perdesse a voz. Com a outra mão, Robert abriu a porta do meu apartamento com um soco e me empurrou para dentro dizendo:

— Por que você fugiu de mim? O que aquela velha lhe disse? Você achou que escaparia assim? Eu viajei muito até te encontrar e não vou embora sem cumprir a minha missão que é, mais uma vez, te matar!

Eu não conseguia falar enquanto ele me arrastava para o quarto. Desesperada, coloquei a mão no bolso da jaqueta, peguei o terço cigano, segurando forte no crucifixo, e mostrei para ele.

Foi como se eu tivesse lhe dado um soco!

Robert deu um salto para trás, então eu disse:

— Hob, em nome de tudo o que existe de mais sagrado, eu, Hannah, te perdoo! Siga o seu caminho que eu seguirei o meu!

Lágrimas rolaram dos seus olhos enquanto ele se afastava de mim e fugia como um animal acuado! Eu o seguia com o terço na mão, mostrando-lhe o crucifixo, até que ele passou pela porta e sumiu pelo corredor.

Fechei a porta, fui para o meu quarto e tudo se apagou, como se eu tivesse recebido uma anestesia geral num centro cirúrgico!

Na manhã seguinte, acordei e me arrumei para o trabalho. Cindy estava tomando café na cozinha. Eu tinha muitas coisas para lhe contar:

— Amiga, você ouviu o barulho ontem? O Robert e a aranha fazem parte do meu...

Perplexa, ela olhou para mim e disse:

— Anne, eu não ouvi nada! Que Robert? Que aranha? Você está bem? Desculpe, mas agora não dá para conversar! Eu estou atrasada!

Cindy levantou-se e saiu apressada.

Chateada pela falta de atenção da minha amiga, demorei mais alguns minutos no café para depois ir ao trabalho. Passei pelo Tony e só então me atentei que, estranhamente, Robert chegou antes de mim e ele o deixou subir. Questionei Tony e ele respondeu:

— Eu não deixei ninguém subir!

— E sobre aquela aranha que você matou, era...

— Que aranha, dona Anne? Eu nunca matei uma aranha aqui!

Embasbacada, achei que eu estava louca! Criei coragem e fui até o banco onde Robert trabalhava, mas fui informada pelo gerente que nenhum Robert trabalhou naquela agência.

Procurei uma foto de nós dois em minha bolsa e ela também tinha desaparecido!

Falei com todos que, nas minhas lembranças, um dia o haviam conhecido, mas ninguém se lembrava do Robert e muito menos de tê-lo visto comigo!

Ao sair do trabalho, fui direto ao parque de diversões, na tentativa de entender toda aquela confusão, mas a tenda de Madame Gris não estava mais lá. Perguntei ao moço da barraca de tiro ao alvo se ele sabia para onde ela tinha ido. Ele respondeu dizendo que nunca existiu uma tenda cigana naquele lugar!

Estranhamente, todas as evidências da minha história com Robert, assim como o meu medo, foram apagados! Passei a duvidar de tudo o que vivi, talvez tivesse sido apenas um sonho, um delírio!

Incrédula, voltei ao meu apartamento.

Ao entrar no meu quarto, misteriosamente, senti o mesmo perfume de rosas exalado pelo incenso na tenda cigana. Peguei a jaqueta para verificar se o aroma havia impregnado nela e o terço cigano, que estava no bolso, caiu, provando que os acontecimentos que ocorreram na noite de Halloween eram reais!

Lembrei-me das palavras da Madame Gris e entendi por que tudo tinha desaparecido, menos o terço cigano.

Ela disse que eu precisaria dele, pois seria a minha “arma” para essa e para as outras batalhas que eu ainda enfrentaria no mundo sobrenatural!

OLHOS DE CIGANA

ANA CLARA BARREIROS

Capítulo 1* – *Início

Talíria era a filha rebelde de um bêbado e uma vadia. O bêbado e a vadia. Conhecidos por toda a cidade. Então, obviamente, era sozinha. Tinha 15 anos quando o parque de diversões chegou à pequena e pacata cidade. O parque era tudo.

Queria ser como uma das meninas populares do subúrbio. Queria fazer do parque de diversões um encontro romântico. Mas não faria. Nenhum dos bons meninos sairia com ela. Ela era a filha do bêbado e da vadia. Ela era problema.

E problemas a seguiam por toda a parte, é verdade. Tudo nela era atípico e nunca lhe fora explicado. O nome... a cor... a altura... as formas. Talíria soava tão diferente de Sara e de Peter... sua pele também se destacava naquele ambiente.

Cada pedaço de si parecia ter sido pessoalmente tocado pelo Sol, oposto às peles claras e intocadas dos moradores da cidade. Além disso, era alta e voluptuosa. E só tinha 15 anos. Queria ser pequena e delicada, mas era desenhada como uma amazona.

Os cabelos negros, longos, cascateavam por suas costas e contavam histórias que ela queria ouvir, mas que nunca ouviu. Depois das aulas de biologia, passou a suspeitar da adoção. Os pais negaram. Ela só tinha puxado os genes do *lado errado da família*.

Ela não sabia para onde esse lado apontava. Sentia-se o ponteiro perdido de uma bússola. Sem lugar no mundo que era aquela cidade do interior onde todo dia parecia uma pintura de igreja. Ela não era de igreja. Diziam que era filha do pecado. Ela se sentia assim às vezes.

O parque chegou... e com ele tudo de esquisito. Pessoas estranhas adentraram a pastoral da cidade. E, com elas, os boatos. O parque vinha, de anos em anos. E suas atrações. E seus homens. E suas mulheres. Não demorou para pessoas da cidade perceberem. E comentarem.

Talíria era como eles. As roupas claras e os botões e os bordados eram só um disfarce. Para o povo da cidade, Talíria era *suja*. Era como o povo do parque. Só servia para entreter. Ou, como diziam os meninos maldosos da escola, "essa só serve pra dar". Ela não dava. Nem daria.

Quando o parque chegou, ela percebeu, mas não perguntou. Se os pais haviam negado a adoção uma vez; negariam de novo. Ela só não entendia por que escondiam isso dela. Por que a queriam com o status de filha se nunca a trataram verdadeiramente como uma.

Veja bem, Talíria nunca sofrera agressões, tampouco maus tratos. Só nunca recebera carinho. Nunca se sentira em família em meio ao puteiro sujo onde vivia. Tentava ser melhor que aquilo, mas era quase impossível. Ninguém na cidade lhe dava chance de ser algo além.

Decidiu ir ao parque de diversões sozinha. Não era a primeira vez que usava sua bicicleta para passear pela cidade. Não era a primeira vez que saía sem os pais saberem também. Nem da primeira vez, quando roubara dinheiro da carteira do pai, que jazia adormecido sobre as garrafas de aguardente.

Ela não se orgulhava dos roubos ou empréstimos, mas lhe eram necessários. Só ocorriam em momentos de extrema necessidade. Ela queria se sentir minimamente normal, como quando roubou dinheiro pela primeira vez pra comprar um vestido florido.

Ao longo de seus 15 anos, Talíria fez de tudo para se parecer mais com os demais. Vestiu suas roupas. Frequentou suas missas. Ouviu suas músicas e aprendeu suas danças. Sempre por conta própria.

Era por conta própria que chegara ao circo naquela noite de Halloween. Odiava o Halloween. Tudo nele era atípico e ela queria, mais que tudo, ser típica. Ainda assim, estava lá. E, em meio a todas as outras jovens do colégio, se sentiu mais sozinha que nunca.

Naquele parque todo enfeitado com tendas, cheiros, cores e sabores, ela era como a ponte que ligava o subúrbio cristão aos maneirismos e belezas exóticas dos itinerantes. Ela não queria ser uma ponte.

Capítulo 2 – O parque de diversões

Uma vez no festival, frequentou, com o pouco dinheiro que tinha, uma ou duas atrações. Muitas eram reservadas aos casais e ela nunca fizera parte de um. A roda-gigante não era uma opção, tampouco os jogos de esforço que renderiam pelúcias.

Comprou guloseimas e as engoliu rápido e sozinha. Já tinha circulado duas vezes por toda a extensão do parque quando, frustrada, esbarrou com força num homem alto, lindo. Parecia um cigano pelas roupas, mas parecia com ela pela pele.

Teria caído no chão não fosse a mão carinhosa dele, que a sustentava. Ele a olhou com ternura. Não gastou nela a lábia que os outros ciganos do circo tinham gastado. Ficou em silêncio. Pôs, atrás de sua orelha, uma madeixa dos longos cabelos negros e disse:

— Entre, criança. — E ela entrou.

Dentro da tenda colorida (e opaca em relação às outras do parque), percebeu como aquela parecia ser mais velha. Suja até. Em comparação às outras, aquela não chamava atenção. Ainda assim, algo ali era antigo. Talíria teve certeza de que aquela tenda não estava ali antes. Sentiu calafrios subirem e descerem por sua espinha longa.

Do lado de fora tudo era um misto de sons diversos. Músicas diversas. Barulhos diversos. Do lado de dentro, um cheiro de terra molhada. Não fazia sentido. O chão abaixo de seus pés estava seco. O silêncio era absoluto. Talíria ouviu a própria respiração e percebeu estar ofegante. Não sabia o porquê.

Até que sentiu a outra presença. Tal como a tenda, a mulher mais velha não estava ali antes. Ela tinha certeza disso. E assim começou o encontro que mudaria sua vida. Madame Gris estava presente diante de seus olhos. E ela não sabia como sabia disso.

Sentaram-se, uma de frente para a outra, com a mesa redonda as separando. Em cima da mesa, coberto por um véu preto, Talíria via o topo de madeira. Nada além disso.

— Qual a sua preferência? — A pergunta, que, na voz rouca da cigana, quebrou o silêncio sepulcral, a assustou. — Diga, criança. Búzios? Cartas? Sua mão? Por onde quer conhecer sua história?

Quando recobrou a capacidade de fala, riu e desfez da situação.

— Não há bola de cristal que me mostre o que queria saber. Que me mostre meu passado. — Apesar de a voz de Talíria soar confiante, ela sentia receio. Madame Gris não mentia. Mais uma vez não sabia como sabia disso.

— Veremos. — E com essa única palavra Madame Gris removeu o véu preto de cima da mesa vazia. Em um piscar de olhos, a mesa não estava mais vazia... uma bola de cristal estava materializada acima de um veludo carmim.

Talíria piscou uma, duas vezes. E ainda não acreditava. O suporte da bola de cristal era feito por duas mãos de bronze com unhas longas. Talíria pensou, por um momento, que as mãos fossem de carne e osso e emitissem um calor humano.

— Vejamos o que posso lhe mostrar *agora* — disse a velha cigana que, Talíria reparava agora, parecia cega. Os orbes cristalinos e verdes denunciavam.

O que sucedeu pareceu um delírio. Um sonho esquecido fazia muito tempo. Talíria percebeu o movimento das mãos. Não as de Madame Gris. As mãos de bronze se moveram. Se lançaram contra seu rosto, agarrando-se e parecendo tentar arrancar seus olhos do lugar.

Capítulo 3 – A revelação

Acordou sentindo o chão duro abaixo de si. O rosto doía. Os olhos doíam. Ao se levantar, percebeu estar no local onde antes estivera o parque de diversões. Tudo estava vazio, morto. Uma névoa arroxeada cobria o local.

Sem entender o que havia acontecido ou quanto tempo havia se passado, ensaiou um, dois passos em qualquer direção. Sentia-se observada. A garganta seca. Gritou por ajuda. Uma. Duas vezes.

— Por que grita, criança?

Madame Gris estava, mais uma vez, materializada bem na sua frente. De pé no meio do nada, a velha cigana cega não parecia tão ameaçadora. Ou parecia? Talíria não se preocupou em responder ao próprio questionamento.

— Você já esteve aqui antes — disse a cigana.

Sim, é claro. O parque de diversões.

— Não. Bem antes disso.

A voz de Madame Gris pareceu ecoar dentro da própria cabeça. Talíria levou as mãos ao rosto e se sentiu prestes a enlouquecer. Não o fez. Respirou fundo e se preparou para ouvir o que quer que a velha tivesse a dizer. O que quer que ela não quisesse ouvir.

— Deixe que a névoa te permita enxergar. — Bastaram essas palavras para que o que antes era uma densa névoa arroxeada se tornasse uma espécie de vendaval que empurrava seu corpo em diferentes direções.

Viu, como se fossem fantasmas, diversas pessoas. Um homem e um menino. Pareciam pai e filho e ambos sangravam pela mão direita. O menino estranhamente semelhante ao pai da própria Talíria. Viu uma mulher grávida chorando. Aos prantos implorava. Talíria não sabia pelo que e se sentia desconcertada pela semelhança da grávida com sua mãe.

E então viu o que sua mente não sabia processar. Era alto, forte, parecia um homem. E não era um homem. Diante de seus olhos, era como se a terra, o chão e o tronco das árvores tivessem sido personificados.

Ele tinha chifres enormes. Maiores que os braços de Talíria. E no lugar dos olhos... engoliu em seco e ousou olhar na sua direção. No lugar dos olhos tinha dois orbes brilhantes. Dourados.

— É o diabo? — perguntou, trêmula.

— Pode chamar de Papai — Madame Gris respondeu, jocosa.

Quinze anos antes

Sarah era perfeita. O sonho de filha. E a filha do pastor. Todas numa só. Era educada, delicada e bem-vista. Linda e pura. Um verdadeiro colírio para os olhos. Foi prometida em casamento aos 17 anos. Seria para sempre a senhora Davidson. Casaria-se com o herdeiro da família mais poderosa da cidade e isso elevaria o seu status.

No dia do casamento, tudo correu perfeitamente. A cerimônia religiosa. A festa. A noite de núpcias. Até o momento de consumação do casamento.

Peter era gentil e cuidadoso, da forma que um bom marido deveria ser. Suas mãos eram suaves sobre a pele de Sarah e ele a fazia se sentir amada e querida; ela era a mulher mais feliz do mundo naquele instante. Trocaram um olhar amigo, companheiro, e ela consentiu que ele a fizesse sua mulher, daquele momento para todo sempre.

Quando Peter penetrou seu corpo virgem, os olhos que a fitavam não eram mais castanhos, e sim dourados. Sarah tentou gritar e sentiu garras cortando sua pele clara e macia.

Foi instantâneo. Sentiu-se rasgada, de dentro para fora, por algo que queria sair. Os gritos não saíram quando olhou para baixo, para o próprio corpo, e percebeu a protuberância na barriga. Havia algo ali, algo vivo. Mas definitivamente não era humano. Desmaiou.

Mais cedo naquele mesmo dia, o clã de Davi havia realizado os últimos preparativos para a vinda. Naquela noite, Dia das Bruxas, e seiscentésimo sexagésimo sexto ano do clã, Ele seria chamado. Era hora de Peter assumir um papel relevante nos grandes planos. Seria o veículo para a vinda.

Duvidava de si próprio e sentia pena da menina escolhida. Sabia que ela não escolhera fazer parte de nada disso. Ainda assim, sua lealdade era ao clã que o criara. Não a uma mulher que podia um dia vir a amar, quando esquecesse de tudo. Sarah... Ela era linda e eles seriam felizes juntos, quando tudo acabasse.

As horas passaram se arrastando e, quando foi o momento, soube o que fazer. Recitou os cânticos e permitiu que seu corpo fosse usado para a grande causa. Na terceira estocada trouxe ao mundo a filha da terra.

Capítulo 4 – Visão

Já fazia 15 anos desde o dia em que teve a visão expandida para além do que os olhos castanhos podiam ver. Quinze anos desde o dia em que seus olhos se tornaram dourados, mesmo que, para os outros, estivesse cega. As mãos de bronze (guardiãs da bola de cristal) não arrancaram seus olhos do lugar, como um dia pensou terem feito. Só extinguiram dali o véu que a impedia de ver o oculto.

Voltavam hoje à cidade. Quando Talíria saíra do carro, sentira sobre si os olhares das crianças. Ela era linda, sabia. E reconhecida.

Assumira, anos atrás, um grande papel nos planos. Deixara de ser a doce menina que tentava se encaixar e tinha passado a ser a mulher que não temia se destacar na multidão.

Gris já era velha, ainda mais do que antes. Nem por isso menos ativa. Desde o despertar de Talíria, intensificara o trabalho das revelações. Talíria sabia disso, ainda que não tivessem voltado a se encontrar.

Talíria assumia cada vez mais o seu encanto. Toda noite dançava no parque. Os pés descalços clamavam seu lugar no mundo que um dia seria seu.

Chamavam, toda noite nos últimos 15 anos, o Pai. Não o vira mais desde aquele dia. Não vira mais nada. E não precisava. Já sabia de tudo.

Ela era filha da terra e guardiã dos segredos ocultos da alma. Da própria e de outros. Ela tinha a visão para além e usaria isso em prol da vinda.

Em breve, o mundo seria livre de novo e seu povo caminharia sobre a terra.

MORRER OU MATAR?

AMANDA PEREIRA SANTOS

Como nunca acreditei em cartas, búzios e bolas de cristal, estendo minha mão para Madame Gris sem pensar duas vezes. Fecho os olhos, mas sinto seu toque áspero e frio em minha pele. Em minha mente, seu olhar permanece. Sei que ela está me encarando, mesmo que não possa ver.

O cheiro do incenso parece mais forte e o mundo começa a girar ao meu redor. Eu estava lá, mas não estava. Abro os olhos. A tenda é a mesma, embora eu esteja sozinha. Não consigo me livrar da sensação de estar sendo observada, mas não há ninguém por perto. Saio e encontro com o homem alto, que nem nota a minha presença e continua focado em atrair a atenção de quem passa por ali. O céu está nublado e não há sinal de sol. Algo está diferente. Pequenos detalhes, como estilos de corte de cabelo e modelos de roupa que eu nunca vi antes. Passado, Presente, Futuro... será que eu vim parar em outra época? Se sim, isso significa que a qualquer momento eu posso descobrir uma revelação sobre algo que já vivi ou vou viver.

Olho ao redor e tento encontrar alguma pista, algo que me ajude a entender o que está acontecendo. Até que, ao longe, me vejo. Não exatamente eu. Sou eu, mas alguns anos mais velha, com o cabelo mais curto e um par de óculos no rosto. Estou acompanhada por um grupo de pessoas, mas não conheço ninguém. Ao menos ainda não. Um homem vem até nós e fala algo em meu ouvido. Sem dúvidas tínhamos história, pois a minha versão madura não hesita em segui-lo, com uma cara de desgosto, até um local mais afastado do parque, no píer. Não há ninguém por perto.

Na mesma hora, sinto um calafrio que faz todo o meu corpo tremer. Sei que algo não está certo. Instantaneamente, me arrependi por ter gastado meus dez dólares. Por que tinha decidido falar com a tal Madame Gris, afinal?

Até então, sempre fui considerada como uma pessoa bem-sucedida. Todos me falavam sobre como o meu futuro seria incrível e repleto de conquistas. Agora, no futuro, vi que estava me enganando. Eu sabia quem era aquele homem. Só não queria admitir isso para mim mesma. Era ele, meu antigo noivo. Nunca mais desejei alguém depois que ele me abandonou há dois anos, uma semana antes do nosso casamento, para ir para Cuba com uma mulher que conhecera em sua última viagem de trabalho. Anos depois, vendo-o tão perto de mim, era como se nada disso houvesse acontecido. Mas acontecera. E pelo seu olhar não tenho nenhuma dúvida de que a notícia que ele vai me dar não será fácil de ouvir.

É aí que tudo começa a dar errado. Assim que ele termina de dizer que vai se casar com sua noiva, Carla, e gostaria que eu comparecesse à cerimônia, surto. Vejo a minha figura mais velha se debatendo contra ele até que ele desequilibra e bate a cabeça em uma pedra. Ele está morto. Entro em desespero. Como estávamos longe da multidão, ninguém vira nada. Posso simplesmente sair daqui e continuar a minha vida como se nada tivesse acontecido. Não teria se ele não tivesse vindo atrás de mim, não foi minha culpa... Meu coração está acelerado. Então é esse o meu futuro? Viver sabendo que eu serei a responsável pela morte da única pessoa que amei? Como agir normalmente se sei que sou uma assassina?

Começo a sentir o cheiro do incenso novamente. Cada vez mais forte. Fecho os olhos com força e, quando abro, são os olhos da cega que vejo. Ela sorri para mim de uma maneira mística e assustadora, segurando minha mão.

— Madame Gris! Diga que eu posso fazer algo para reverter isso, por favor!

— Você tem boas intenções, minha jovem, mas infelizmente isso não é suficiente para evitar este futuro trágico. Enquanto estiver viva, você carregará o peso de um assassinato. Na verdade, ele não será o único, apenas o primeiro... Você logo vai se acostumar a matar as pessoas que ama e também as que odeia. Para os outros parecerá uma mera tragédia, mas você saberá a verdade. Está dentro de você, independentemente de você querer ou não.

— Mas não faz sentido! Eu? Uma assassina? Já me imaginei fazendo muitas loucuras, mas nunca mataria alguém, muito menos uma pessoa que eu gosto. Não, eu não quero nada disso. Você tem que me ajudar.

— Com o passar do tempo, as pessoas mudam. Quando a hora chegar, você vai saber o que fazer se realmente não quiser se tornar uma assassina. Eu queria poder te ajudar, garota, mas sou uma simples cigana. Não posso controlar as revelações do Noturno da Alma e, como avisei, às vezes não queremos ouvir as verdades que precisamos escutar.

Sem que ela pudesse perguntar mais nada, o cigano entra na tenda reclamando que ela precisa ir embora para que os outros clientes possam entrar. Aparentemente, passei um bom tempo ali, já que dez pessoas estão formando fila na porta, cada uma aguardando sua vez.

Vou embora correndo para casa, lamentando-me por ter ido ao parque e, pior, ter me consultado com uma cigana! Nessa noite, janto com a minha família como se nada houvesse acontecido e vou me deitar bem cedo. Mas não durmo. Os pensamentos são incontroláveis.

Foi nos primeiros meses que me acostumei a tomar remédios. Misturava o que encontrava em casa, com o objetivo de esquecer tudo o que um dia seria realidade. Mas nada adiantou. Dia após dia, meus sonhos eram pesadelos terríveis que reconstruíam tudo aquilo repetidas vezes.

Isso aconteceu durante uma semana. Um mês. Um ano. Trezentos e sessenta e cinco dias depois de ter encontrado aquela velha, eu não era mais a mesma. Para muitos, era irreconhecível. Meus cabelos estavam sujos e bagunçados. Meus olhos vermelhos e inchados pela falta de sono. A minha cabeça poderia explodir a qualquer momento e tudo o que eu sentia era cansaço.

Ao lutar contra o meu destino, eu estava indo em oposição a mim. Não queria matar, mas ao mesmo tempo não conseguia deixar de pensar nisso. E, sinceramente, havia certo prazer ao lembrar da minha experiência na tenda da cigana. Em saber que fui capaz de machucar aquele que me machucou.

Mas quem vão ser os próximos? E se eu fizer mal aos meus pais? Ou a meus irmãos mais novos? Ou a minha melhor amiga? Não, isso não pode acontecer. É isso que mais me assusta, a consciência de que posso perder alguém que amo e a culpa será completamente minha. Não houve um segundo sequer em que parei de pensar sobre isso. Foi quando eu soube o que teria que fazer para que isso não acontecesse. Só conseguiria evitar as mortes se eu não estivesse viva. Para não ser uma assassina e proteger a todos, eu teria que morrer pelas minhas próprias mãos.

Mas será que vale a pena perder a minha vida? Antes de mais nada, preciso falar com ela uma última vez. Madame Gris. Quero que ela me diga que estou certa, se não há outra opção. Se alguém sabe o que fazer, com certeza é ela.

Eu já sabia que o parque itinerante não estava na cidade, mas não custava nada ir procurá-la no espaço em que ele ficaria. Curiosamente, eu estava errada em meu palpite e a misteriosa tenda não está lá com um cigano guardando sua entrada, como pensei. Indignada, volto para casa e fico deitada em posição fetal por um bom tempo, aguardando algo que não iria acontecer. É aí que adormeço. Depois que comecei com a medicação, isso vinha ocorrendo com frequência.

Mas, para minha surpresa, dessa vez encontro quem eu buscava em meus sonhos. Consigo me ver ali, dentro da tenda. Sei que nada disso é real, mas não importa. É como se eu estivesse de frente para ela.

— Estávamos te esperando, mocinha. Sinceramente, achei que você me procuraria antes, mas imagino que não estava tão atormentada quanto pensei.

— E eu achei que jamais te encontraria. O mundo dá voltas, não é mesmo?

Ele sorri para mim e puxa o tecido para que ela entre. Imediatamente, aquele familiar cheiro de incenso invade as minhas narinas. Reconheceria aquele aroma em qualquer lugar do mundo após minha última visita. Lembro-me de tudo o que ocorreu naquele dia. Ao contrário da última vez, a cigana não vem me receber com um abraço. Ela está sentada em frente à bola de cristal, com um semblante sério. Vou me aproximando, em pé, até que ela sorri para mim e começa a falar.

— Então quer dizer que você finalmente entendeu quem pretende ser?

— Sim. Ou acho que sim. Pensei que você saberia me dizer.

— Não perca nosso tempo, bobinha. Eu não posso lhe falar quem você é, essa é uma tarefa sua. É você quem tem que me dizer quem você é. Sei que você andou pensando bastante sobre isso... Você já sabe o que deve ser feito.

— Eu preciso acabar com a minha vida, não é? Só assim isso vai ter um fim.

— Claro, claro! Essa é uma opção... Mas você também pode viver. Você sabe que sim. Quem se importa se algumas pessoas morrerão por isso? Algumas mortes acidentais aqui e ali, será que faz diferença? Você ainda pode ter todo aquele sucesso que sonhava.

— É fácil para você dizer! Por acaso já passou por isso? Matou outra pessoa e agiu como se não fosse uma assassina? Tudo isso em troca de quê?

— Querida, é claro que já passei por isso. Por que você acha que sou eu que estou aqui falando com você? Nós somos iguais. Eu também lidei com o mesmo dilema, sabia? Precisei escolher entre viver a vida que eu queria, com tudo o que sempre quis, e a vida de outras pessoas. Com o tempo, você vai perceber que a morte é algo natural. As pessoas vêm e vão. Um dia, nós iremos também.

— E você espera que eu acredite em você? Que estou aqui porque nós duas temos uma conexão sinistra e, enquanto não morrermos, quem estiver próximo da gente morrerá?

— Sim, é isso mesmo. Até que não foi tão difícil de entender, concorda? No começo eu era como você, desesperada por outra opção. Mas você não pode mudar seu futuro, isso é fato. O seu futuro só vai deixar de existir quando você morrer. A cigana foi até o armário, repleto de cristais e quinquilharias, pegando um item bem específico: uma adaga extremamente afiada que aparentava não ter sido usada nos últimos cem anos, se é que isso era possível.

— Isso aqui é a ajuda de que você precisa. Já sabe o que fazer, criança. E aí, prefere matar ou morrer?

A decisão é minha. E agora? O que eu quero fazer?

— Você sabe muito bem qual é a minha escolha. Eu diria que você sempre soube, ou estou enganada?

— Não, não está. Até que você não é tão ingênua quanto pensávamos. Eu sabia que você teria coragem de ir até o fim.

Estendo a minha mão e, em vez da pele fria que me tocou da última vez que estive aqui, sinto o metal da ferramenta mortal. Seguro firme e imagino o que aconteceria se eu acabasse com tudo agora.

Fora do sonho, em casa, estou de pé e meu corpo ergue uma faca afiada que guardo na cozinha para celebrações especiais. Meus olhos permanecem fechados, como se eu estivesse dormindo profundamente desde que cheguei, e não tenho nenhum controle dos movimentos que faço.

Vejo Madame Gris à minha frente, mais uma vez. Por alguns segundos, olho no fundo de seus olhos e, de alguma forma, sei que ela me vê ali. Naquela imensidão esbranquiçada, vejo a possibilidade de um futuro feliz. Sorrimos juntas.

A CARONA

VITÓRIA DE CÁSSIA

A primeira coisa que Lia nota ao entrar na tenda de Madame Gris é o cheiro familiar de terra molhada. Era sutil como a calma que vinha após uma forte noite de chuva, entretanto, não havia sequer uma nuvem do lado de fora e tampouco se lembrava de ter chovido nos últimos dias. A jovem, que era bonita, mas nada além do ordinário, olhou na direção da velha mulher que chamava seu nome. Não lembrava de ter dito seu nome a ela, mas talvez Lia tivesse citado ao homem do lado de fora e a cigana ouvido.

Caminhou em direção à cadeira apontada. Notou os olhos cristalinos, que pareciam indicar que ela era cega, e se questionou como ela faria uma leitura sem ver o que estava diante dela. Lia se sentou e notou como os olhos de Madame Gris, mesmo que não a acompanhando, pareciam assistir a cada movimento que fazia. A velha mulher sorriu ao perguntar como a jovem gostaria de realizar sua leitura.

— Eu gostaria de fazer uma leitura com as cartas para saber o que o futuro me reserva. — Madame Gris estendeu a mão e pegou um baralho com desenhos e o colocou no centro da mesa.

Sem dizer uma palavra, a cigana embaralhou as cartas em sua mão. Lia notou mais uma vez o cheiro de terra molhada e direcionou seu olhar para os movimentos que as mãos tão castigadas faziam repetidamente. Em um tempo que pareceu tão longo, três cartas saltaram das mãos da mulher e caíram na mesa. A cigana colocou o baralho ao seu lado e lentamente virou as três cartas para cima, organizando uma ao lado da outra.

Lia ergueu a cabeça para ter uma visão melhor das três cartas e com facilidade conseguiu ler os nomes "O Diabo", "O Carro" e "O Julgamento".

— Senhorita Lia, cada carta representa um momento da sua vida, seu passado, presente e futuro. Todos são intrínsecos a seu ser e é dessa maneira que o universo constrói a vida dos seres humanos...

— Madame, o passado não me interessa, por favor, eu só desejo saber aquilo que vai acontecer no futuro, algo sobre a minha carreira ou amor, mas nada sobre aquilo que já está morto. — Lia ergueu a voz para interromper a cigana. O passado para ela era algo imutável e que de nada adiantaria se prender a ele. A velha mulher desfez o sorriso que a acompanhava mais cedo, mas com um rápido fechar de olhos voltou a sorrir para moça na sua frente.

— Muito bem, que assim seja. — Madame Gris colocou a mão sobre a carta do meio, a que estava descrita como "O Carro". Lia observava com mais atenção o desenho representado de um homem em uma carroça puxada por duas esfinges de cores distintas. — Você fará uma viagem muito em breve, jovem. Essa viagem lhe dará uma oportunidade de escolha entre forças opostas, de fazer o certo ao menos uma vez.

Lia endireitou sua posição na cadeira. Estava impressionada com a leitura. Ela realmente estava planejando viajar em breve, uma viagem que a tirasse dali para sempre. Queria se afastar daquele lugar o mais rápido possível e se mudar para a cidade grande. Tinha certeza de que agora seu trabalho com o balé seria reconhecido por algum caça-talentos se ela fosse para lugares maiores que aquele.

— Tem algo falando sobre a minha carreira nessas cartas? — Ela se inclinou na mesa, olhando mais atenta para a cigana.

Novamente achou ter visto a mulher olhar para si com seus cegos olhos cristalinos, dessa vez, friamente, após a gananciosa pergunta.

— Você pode ser grande se fizer a escolha certa. Basta se redimir e se arrepender pelo mal que causou. — Lia estreitou os olhos com a resposta. A cigana realmente parecia querer insistir no passado, insistir em coisas que Lia queria apagar e seguir adiante.

— O que você está insinuando? Qual mal eu devo pagar? — A mandíbula estava tensa enquanto a jovem, dessa vez, trêmula, erguia novamente o tom com a cigana.

Madame Gris não pareceu se incomodar com a petulância de Lia. O sorriso leve em seu rosto magro parecia dizer que ela sabia como a história acabaria.

— Sabe, senhorita Lia, o passado interfere no futuro muito mais do que nós pensamos. Cada ação gera uma consequência que teremos que pagar mais cedo ou mais tarde. — A jovem abriu a boca mais uma vez para responder, mas a cigana ergueu sua mão em um sinal de que ela a esperasse terminar de falar. — Você sabe as escolhas que fez. É só uma questão de assumir aquilo que você fez quando a hora chegar.

A cigana recolheu as cartas e as colocou no baralho.

— Sua sessão acabou. Isso era tudo que você deveria saber. Vá. Sua carona parece partir mais cedo do que eu esperava. — Lia sentiu a garganta fechar, por que ela estava se lembrando tanto daquela noite que ela jurou apagar?

Achou injusto sua sessão terminar por ali. A mulher nem havia lhe feito uma previsão e já estava encerrando. Aqueles dez dólares foram certamente um desperdício. No entanto, estava cansada da velha mulher. Ela parecia querer só perturbá-la com assuntos pelos quais Lia não se interessava. Devia ser só mais uma charlatã tentando descobrir coisas sobre sua vida para que aquilo tudo parecesse real.

Levantou-se abruptamente da cadeira, ajustando o casaco para sair da tenda. Virou-se sem nem olhar novamente para Madame Gris e sem questionar o fim da sessão. Afastou o tecido da entrada, mas ao sair dali não pôde deixar de escutar a voz rouca da cigana lhe dizer:

— Não demore muito. Sua irmã espera por você.

Lia se virou de súbito para trás. Não havia nada ali. Nem ninguém, nem a velha cigana e nem mesmo a tenda dela. Olhou ao redor para tentar encontrar o homem que estava do lado de fora mais cedo, mas não via as roupas coloridas em lugar nenhum. Nem mesmo havia pessoas no parque, percebeu que todos os brinquedos já estavam apagados, como se todos tivessem ido embora sem fazer um barulho.

Sentiu o peito apertar ao imaginar que a mulher tivesse feito algo com ela. Sua cabeça imaginando mil cenários que a tivessem feito não perceber todas aquelas pessoas indo embora. Começou a andar em direção à saída, tentando o mais rápido sair daquele lugar ao qual ela nem deveria ter ido. Tinha planejado sair daquela cidade minúscula no dia seguinte, mas o parque, que deveria ser uma distração, tornou-se algo que lhe dava arrepios apenas de pensar no seu encontro com Madame Gris e, agora, na situação em que se encontrava.

Chegou até a entrada, olhando mais uma vez ao redor na esperança de ver alguém que ainda estivesse ali. O parque estava deserto e as últimas palavras que ouviu da voz de Madame Gris ecoavam na sua cabeça. Como ela podia saber de sua irmã? Ela não falava sobre Cora desde o trágico acidente e tinha certeza de que não a tinha citado em nenhum momento. Levava a sério a ideia de seguir em frente sem se prender ao passado que por vezes insistia em persegui-la.

Andava pela estrada que ligava o parque até sua casa na pequena cidade. Provavelmente demoraria cerca de vinte minutos para chegar e se arrependia de ter preferido caminhar na última noite de outubro em vez de usar o carro. Entretanto, suas preces foram ouvidas ao ver que faróis de um carro indo na mesma direção que ela parou no acostamento e a janela do vidro se abaixou, mostrando um velho homem que lhe perguntou: — Precisa de carona? — Lia sabia que deveria evitar ficar sozinha com estranhos, mas a alegria de finalmente ver alguém lhe fez responder que sim imediatamente e entrar naquele carro. — Para onde você vai?

— Ah, eu moro ao lado do mercado. O senhor sabe onde fica? — Lia não se lembrava de ter visto o homem na cidade onde ela conhecia quase todos os habitantes.

— É claro. Já conheço bem a cidade.

Lia se sentiu aliviada por não ter que dar direções e saber que logo terminaria a péssima noite. O velho homem, que parecia inofensivo, mas um pouco antipático, ligou então o rádio do carro, fazendo com que uma música pop quebrasse o silêncio daquela noite vazia.

Segundos que pareciam minutos passaram e Lia, que olhava pela janela do carro, notou o quão vazia a estrada permanecia. Mas antes que se prolongasse em seus pensamentos, voltou a ouvir a voz do homem ao lado dela.

— Você é a Lia Cole, não é? — Um sorriso entusiasmado surgiu no rosto da moça. Seu primeiro pensamento foi o de que talvez ele a tivesse reconhecido por suas performances. As coisas estavam melhores do que nunca, mas ela nunca tinha sido reconhecida por alguém antes, nem mesmo na pequena cidade que teimava em se lembrar somente de sua irmã.

— Sim! Você já assistiu a alguma das minhas apresentações?

— O quê?... Mas é claro! Você também dança, não é? Na verdade, eu conhecia a sua irmã, Cora, e você me lembrou um pouco dela.

O homem continuava a olhar a estrada adiante e não notou a maneira como o rosto de Lia se fechou à menção de Cora. Voltar a viver à sombra da falecida irmã não era algo que esperava. Questionou-se como o homem podia achá-la parecida com a irmã, uma vez que todos sempre lhe diziam o quão mais bonita e talentosa a mais velha era. Naquele momento, Lia perdeu o interesse pela conversa, assentindo com um baixo som enquanto o homem continuava:

— Ela era excelente no que fazia e me falava muito bem de você. Uma pena que aquele trágico acidente tenha ocorrido.

Lia não se importava. Uma sensação de julgamento surgiu dentro de si e tudo que ela queria era chegar logo em casa. Jurou na noite do acidente que não pensaria mais em Cora. Não que a irmã tivesse sido alguma vez ruim com ela, pelo contrário, ela sempre considerou os sentimentos de Lia. Mas não era o suficiente para os outros. Cora sempre foi melhor do que ela e sempre a primeira escolha.

— Vocês estavam juntas naquela noite, não é? — A jovem não queria perder a paciência com o homem, mas ele não parecia notar seu desconforto. A pergunta a fez lembrar-se de como naquela noite caía uma forte chuva, em como tinha ignorado os pedidos da irmã para que ela encostasse o carro e esperasse a tempestade passar numa tentativa de chegar a sua casa logo para que as duas ficassem longe o máximo possível. Em uma voz baixa, Lia confirmou ao homem sua pergunta.

O homem permaneceu em silêncio por um tempo, apenas o som do rádio pairando dentro do carro. Lia relaxou mais um pouco ao notar pequenas luzes ao longe que a fizeram pensar que estaria vendo a cidade mesmo com a pouca iluminação que dificultava a visão da estrada, mas sua calma durou pouco antes de o homem lhe perguntar:

— E como foi que você conseguiu sobreviver e ela não? Pelo que eu soube, o ferro que estava nela estava numa posição estranha para tê-la atingido daquela maneira...

— Eu não sei! — a jovem gritou com a insinuação do homem. — Eu apenas desviei de um animal e bati o carro, não é culpa minha que ela tenha morrido naquela noite! Aliás, quem é você para conhecer tanto assim a minha irmã? — A voz exasperada de Lia apenas fez com que o homem cedesse um sorriso de canto antes de respondê-la:

— Eu conheço todo mundo um dia, todos vão precisar fazer uma viagem comigo. — Lia chegou à conclusão de que não deveria ter aceitado a carona com o homem, que agora ela achava ser um louco. Tentou abrir a porta, mas o som de um choro familiar vindo do rádio fez com que ela congelasse em sua posição e o coração disparasse em terror.

"Lia, não faz isso! Me ajuda a sair daqui, por favor!".

A voz de Cora soava pelo rádio e Lia se lembrava com clareza do rosto desesperado da irmã presa nas ferragens do carro na noite do acidente. O acidente foi uma ótima oportunidade para que ela não fosse mais comparada à irmã. Ela finalmente pôde se livrar daquela que tirava tudo o que ela mais queria ter. Cora estava viva quando Lia saiu do carro na trágica noite, mas os pensamentos de como a irmã chamava mais a atenção do que Lia fizeram com que ela escolhesse perfurar Cora ainda mais com o pedaço de ferro preso em sua cintura.

— Você realmente não se arrepende? — o estranho homem perguntou ao som do choro de Cora no rádio, mas Lia não se arrependia nem por um segundo pelo que havia acontecido. Nem mesmo o medo que sentia a faria dizer que preferia ver a irmã viva, mas ainda sendo escolhida em vez dela. O homem a olhou, soltando um suspiro indiferente, antes de dar a ela o mesmo destino que Lia causou à irmã.

Madame Gris sentia que a noite já estava se aproximando do seu fim. Sentia que o medalhão já estava quase totalmente límpido. Com o tempo aprendeu a sentir a magia de sua prisão, que no momento mantinha a ilusão de toda aquela tenda junto com Noturno.

Noturno, já mais solto, emitia um som que era quase um ronronado. Estava quase totalmente saciado. Mas ela estava vendo um pouco além naquele momento. O semblante em seu rosto se tornou mais preocupado. Talvez mais uns dois ou três clientes fossem o suficiente para saciar a entidade das sombras. Mas agora não sabia se teria tempo para isso.

O futuro daquela noite veio até ela, passou pela cortina da tenda e chamou o filho.

— Meu filho, assim que o próximo cliente entrar, eu quero que você tire nossas crianças do parque, diga para retornarem ao acampamento.

— Mas em plena noite de Halloween, mãe? Isso vai ser um tanto difícil. — Grayson percebeu o semblante preocupado dela. Sabia que ela havia visto alguma coisa. As crianças precisariam acreditar nisso também.

— Eu sei, mas é muito importante. As coisas vão começar a ficar bem quentes por aqui...

QUEIME BRUXA, QUEIME

TATI KLEBIS

1645

Bel sentiu os pelos da nuca eriçarem e um frio cortante subir por sua espinha. O pio de uma coruja acelerou ainda mais seu coração já descompassado. As folhas no chão faziam um som abafado enquanto a jovem avançava, cautelosamente, pela trilha úmida da floresta, se aproximando da única luminosidade em meio à escuridão noturna.

A luz aumentava na mesma proporção em que o pânico avançava por seus músculos. Um gemido quase inaudível travou seus passos no instante em que as árvores cederam lugar à pequena clareira iluminada por uma fogueira. Ao lado do fogo, um altar de pedras sustentava algo pequeno.

— Não... — O sussurro ecoou como um suspiro fraco e impulsionou Bel em direção ao centro do lugar.

O lamento choroso e entrecortado cessou no instante em que a jovem se aproximou do altar. Com os olhos tremendo e a respiração presa na garganta, esticou os braços para tentar encontrar pulso no pequeno ser que jazia nu, com um pentagrama invertido entalhado no peito. Não chegou tocar a pele, pois uma pancada a derrubou enquanto um homem gritava:

— Peguei a bruxa!

1985

Jez olhava para a mulher à sua frente e pensava se não teria sido um erro. A empolgação de Agatha a tinha impelido a aceitar o desafio de entrar naquela tenda colorida. Admitia que o cigano do lado de fora desempenhava bem o seu papel de atrair pessoas. Apesar de ser cética e não acreditar em coisas como adivinhação, não perderia esse desafio! Não de novo! No ano anterior, também no Halloween, ficara com medo da Casa do Arrepio. Agora teria a oportunidade de provar que não era uma medrosa.

— Se aproxime, Jezebel.

Definitivamente era uma pegadinha armada por seus amigos. Senão, como aquela senhora saberia seu nome? Respirou fundo, tentando afastar a sensação de pânico que começava a crescer em seu peito, e se sentou à frente da mulher.

O aroma amadeirado e a fumaça do incenso, a iluminação púrpura, os cristais pendurados e o som baixo de algum instrumento de corda davam ao local um clima quase etéreo, quase tranquilizador. Mas, a senhora à sua frente a deixava inquieta. Não conseguia definir a idade dela. As marcas e rugas profundas em seu rosto mostravam que era bem velha. Os cabelos grisalhos desciam pelas costas como ondas de um rio enevoado e seu sorriso acentuava os ossos protuberantes da face. Porém, algo destoava daquela aparência quase gentil. Seus olhos, de um verde aquoso e írises esbranquiçadas, eram a prova de que era cega. Mesmo assim, pareciam feitos da mesma névoa do cabelo, e Jez tinha certeza de que era apenas um efeito do ambiente.

A jovem permaneceu em silêncio, contorcendo as mãos no colo.

— Escolha, menina, como quer que o Noturno da Alma lhe revele seus segredos.

Jez não tinha reparado nos objetos em cima da mesa revestida com um pano negro até que a senhora os indicou com as mãos ossudas. Um baralho que parecia tão normal quanto os que seus pais usavam às quintas-feiras para jogar canastra, outro maior que não conhecia, pedras com símbolos estranhos, conchas pequeninas e uma bola de cristal. Esta última parecia conter algum líquido que ondulava lentamente formando padrões hipnóticos.

— Ah! Vejo que escolheu!

Jez levantou a cabeça e encarou a velha, que a olhava como se sua alma estivesse desnuda, e as palavras morreram em sua garganta antes mesmo de serem pronunciadas.

Madame Gris se aproximou da bola, que parecia ter ganhado um brilho próprio, e começou a falar, num tom calmo e ritmado, como se estivesse contando uma história a uma criança.

1645

Bel sorria enquanto colhia o alecrim e o manjericão que seriam usados no guisado de coelho que Thomas trouxera mais cedo.

As visitas haviam se tornado mais frequentes nas últimas semanas e, no início, Bel acreditava que eram apenas porque a esposa de Thomas estava enferma e os chás que preparava aliviavam sua dor. Depois de um tempo começaram a vir os presentes: um pedaço de linho, um belo pingente e, agora, um coelho, limpo e cortado, pronto para ser feito como guisado.

O que começara apenas como uma ajuda despretensiosa se tornara algo mais. O coração de Bel acelerava quando Thomas se aproximava e seu corpo reagia ao menor toque. Tinha consciência de que era errado se apaixonar por um homem casado, mas sabia que sua esposa tinha pouco tempo nesta Terra. E ela poderia esperar.

Quando a noite caiu, trouxe de presente uma lua cheia no céu e o homem que ultimamente preenchia seus sonhos.

— Isso é terrível! — exclamou horrorizada a jovem enquanto ouvia Thomas contar que mais um bebê havia sumido. — Ainda não sabem quem está fazendo isso?

— Não! Todos estão preocupados. — O homem estendeu os braços e cobriu as pequenas mãos da jovem com as suas. — E eu estou preocupado com você!

Apesar do toque gentil, uma pontada de medo contorceu o estômago de Bel.

— Eu não entendo!

— Bel, você cuida de todos por aqui e pode ser que algumas pessoas... — Thomas olhou profundamente para ela antes de continuar. — ...acreditem que isso possa ser bruxaria.

Com um pulo, ela se levantou e começou a contorcer as mãos.

— Mas, Thomas, isso é um absurdo! Eu não sou bruxa!

Levantando-se, o homem se aproximou e, pela primeira vez, a abraçou:

— Eu sei! E, por isso mesmo, quero te proteger. Pare, por um tempo, de fazer seus chás, sabões e óleos. Corre um boato de que isso já aconteceu em outras cidades e, quando as bruxas foram mortas, os desaparecimentos cessaram. — Afastando um pouco a jovem mulher, Thomas olhou no fundo de seus olhos antes de afirmar que tudo ficaria bem.

Por um momento, Bel se sentiu segura. Por um momento, quis acreditar que tudo ficaria bem.

Nas semanas seguintes os boatos ficaram mais fortes e Thomas passou a ir até sua casa todos os dias para ter certeza de que ela estaria segura. Às vezes ele levava carne de coelho para que ela pudesse salgar e ter alimento, já que não ia mais à cidade.

Ainda assim, mais bebês desapareceram, e as pessoas começaram a ficar nervosas.

Até que, numa noite sem lua, Bel acordou com o choro de um bebê. Tentando dominar o pânico, saiu em busca do som. Mal sabia que encontraria o bebê.

Sua cabeça latejava e o inchaço na testa a relembrou da pancada que recebera antes de perder a consciência. Agora estava em uma cela fétida, com um camisão de tecido escuro e manchado. Ao se levantar, sentiu uma dor aguda em seu baixo-ventre e suas pernas fraquejaram, levando-a ao chão. Com as mãos trêmulas, levantou o tecido e encarou com um soluço as coxas ensanguentadas. Levou os dedos até suas partes íntimas e o toque a fez gemer. Estava machucada. Fora impiedosamente violada.

Sons de passos se aproximando fizeram com que seu corpo ganhasse nova força e conseguiu se arrastar até o canto mais afastado da cela.

— Então a bruxa acordou!

— Pronta para o seu destino, bruxa?

O ódio, o desprezo e o escárnio eram palpáveis nas vozes dos dois homens que abriram a cela e se aproximaram de Bel. Ela tentou se debater, mas o corpo doía muito e suas pernas não a sustentavam. Isso apenas deixou os homens com raiva e um soco em seu queixo a levou para as trevas novamente.

Abriu os olhos ainda enevoados pelo desmaio e tentou engolir. Sua boca estava ressecada, os lábios inchados e pôde sentir o gosto metálico de sangue. Não tinha certeza de que parte do corpo doía mais. Tentou se mexer e percebeu que estava presa, sentada em algo duro e desconfortável. Vozes falavam e ela se esforçou para sair do torpor que ainda a dominava.

— Ela roubou o meu bebê! Ela veio até mim, montada numa vassoura com o diabo e disse que comeria meu bebê! Ela é uma bruxa!

Bel queria gritar sua inocência, mas ao tentar mover a boca sentiu a agonia de seu maxilar deslocado.

As palavras da mulher causaram comoção nos presentes, que se levantaram e se exaltaram, xingando-a e acusando-a de crimes como adultério, a morte de um cão, impotência do marido, coceira, verruga nas partes íntimas, praga na plantação... as acusações pareciam não ter fim.

Com um frio na espinha, Bel reconheceu o lugar. Estava sendo julgada. Tentou achar algum rosto amigável e só encontrou cólera e aversão.

Quando, por fim, o juiz conseguiu pôr ordem ao lugar novamente, um homem se aproximou de onde antes estava a acusadora e começou a falar. O coração da jovem pareceu querer sair pela sua garganta. Thomas estava lá por ela!

Ele respondia às perguntas do juiz com calma e olhava para ela de tempos em tempos. Um fio de esperança brotou no peito de Bel.

O juiz pediu, então, para que Thomas contasse o que sabia e apresentasse as provas. Se pudesse, nesse momento, Bel teria sorrido.

— Minha esposa, como todos sabem, teve um mal súbito e procurei a acusada para que a ajudasse. No início seus chás pareceram funcionar, porém percebi tarde demais que minha esposa ficou viciada e a cada dia definhava mais. Procurei a acusada e aceitei, ingenuamente, jantar em sua casa, pois ela disse que havia preparado algo especial que me daria forças para passar pelo sofrimento. Eu estava enfeitiçado. Depois de comer o guisado, comecei a ter sonhos... íntimos. Ela me visitava à noite e me obrigava a trair minha enferma esposa. Era horrível, mas eu não conseguia parar. Já sem saída, e como homem de Deus que sou... — Thomas afirmou suas palavras com o sinal da cruz. — ... me enchi da força do Senhor e falei para minha esposa que aquilo tinha que parar. Quando ela me ouviu, enlouqueceu, pegou uma faca e cortou a própria garganta. — O homem baixou a cabeça e sua voz chegou a tremer. Quando a levantou, seu olhar era duro. — Em profundo desespero, fui confrontar a acusada e o que encontrei foi puro horror. Ela tinha roubado, não sei como, o pingente de minha esposa e o colocara num saco de linho com ossos pequeninos que, a princípio, pensei serem de coelhos. Eu sentia o mal no lugar, mas uma força maior me impelia a continuar. Achei, num tonel de madeira, vários pedaços de carne cortados e salgados. Procurando um pouco mais, encontrei, numa caixa, crânios e ossos pequeninos e limpos. Como os de bebês.

Gritos de horror e berros de cólera se espalharam quando a crueldade daquelas palavras atingiu os presentes. Bel sentiu seu estômago revirar. Do que ele estava falando?

Thomas continuou erguendo a voz para ser ouvido:

— Embaixo do colchão de palha estavam dobradas as roupas de todos os bebês! E vou provar!

Três homens entraram com três caixotes e os colocaram no centro do lugar. Dentro deles jaziam todas as provas das palavras de Thomas.

Bel sentiu fortes espasmos no estômago e a ânsia de vômito a fez engasgar quando a realidade daquelas palavras a açoitou. Seu corpo foi arremessado ao chão e mãos a arrastaram pelos cabelos sem nenhum cuidado enquanto os presentes chutavam e batiam nela sem piedade. Sentiu quando alguns dentes quebraram e ossos partiram em suas costelas. Sentiu quando alguém bateu tão forte em seu pé que o deslocou. Mas nenhuma dor era tão grande quanto a que sentia na alma.

Seu corpo foi amarrado a um tronco preparado em um ninho de gravetos. Nunca houve julgamento. Ela já estava condenada. Sentiu as línguas de fogo tocando sua pele, queimando enquanto a fumaça penetrava no seu pulmão maculado. Na primeira fila da plateia enlouquecida estava Thomas, que a encarava com um sorriso de satisfação.

1985

As palavras penetraram cada célula do corpo de Jez. Conseguia até mesmo sentir o calor e a falta de ar. Sabia que era tudo parte da encenação, afinal, aquela mulher era uma profissional! Ou não? Jez estava realmente assustada. Só que, dessa vez, em vez do medo a paralisar, a impulsionou a uma reação. Levantou-se de um só salto e gritou:

— A senhora é louca!

Antes que pudesse sair, a velha a segurou pelo pulso e disse, com voz baixa e firme:

— Ouça o que Madame Gris diz: pare a roda, fuja do bom homem. Fuja do homem bom!

Jez não queria ouvir mais nada. Soltando-se, saiu em disparada, colidindo com um jovem que passava do lado de fora da tenda.

— Opa! Parece que viu um fantasma! — Com olhos arregalados, Jez encarou o rapaz que a amparava nos braços com um sorriso maroto. — Posso saber o nome da bela fugitiva? O meu é Alex Good.

ASSIM COMO A PUNHALADA É A VERDADE

ARTHUR MAGNUM

Foi durante uma noite fresca de Halloween, véspera do Dia de Todos os Santos, que tudo aconteceu. Todos que estavam no parque naquela noite ainda lembram da tragédia e são aterrorizados pelos gritos das crianças inocentes que perderam suas vidas de maneira tão brutal. Depois daquela noite, o parque se foi. Nunca mais se teve notícia e nenhum dos que lá estavam hoje falam sobre o assunto.

Após aquela noite a cidade jamais foi a mesma, tanto que até hoje o terreno onde o parque levantou suas tendas ainda está deserto e com objetos abandonados jogados pelo chão: prêmios da tenda de tiro ao alvo, peixes de plástico da tenda de pescaria, cartazes das tendas anunciando as atrações, pedaços de fantasia e tickets pisoteados. Aquele espaço – diziam – era amaldiçoado e o solo ainda tinha maldade e, por esse motivo, todos evitavam o lugar. Mesmo a onda de desaparecimentos de jovens nos últimos anos não foi tão terrível comparado ao que aconteceu nessa noite.

No Halloween de 1985, o parque teve o recorde de visitantes desde a sua abertura, levando em consideração por todos os lugares que passou. A cidade estava vazia e o parque pulsava como um coração jovem com tanta movimentação: a excursão do orfanato com suas crianças rechonchudas, coradas e fantasiadas acompanhadas de seus tutores, casais enamorados de todas as idades, famílias inteiras com seus animais de estimação, o prefeito e sua esposa exemplar e até o padre da única igreja da cidade, que foi conferir com os seus próprios olhos o espetáculo mundano e ameaçar a todos com o fogo do inferno por participarem do evento sacrílego. Todos queriam ver as atrações: as Gêmeas Siamesas da Birmânia interligadas pelo tronco, o Homem mais Forte do Mundo, que parecia ter músculos de aço, vindo da Rússia, as Contorcionistas Albinas de Cingapura, a Mulher Lagarto da Amazônia, as Irmãs Barbadas da Índia dentre outras maravilhas dos quatro cantos do mundo, sem mencionar as barracas de comida e prêmios. Tudo era muito colorido com as tendas vermelhas e brancas e o cheiro era o dos mais adoráveis: algodão-doce e pipoca. Podia-se observar o público com o fascínio nos olhos aguardando o momento de entrar nas tendas e descobrir um mundo que só existia nos filmes ou nos livros, mas apenas uma atração não era notada e não tinha fila: A Tenda da Hieromante.

A tenda era a menor dentre todas e a menos preservada, com listras brancas encardidas e roxas, montada ao fundo do espaço, sendo a última tenda e já fora do perímetro do parque. O responsável por cobrar as entradas era um cigano jovem, bonito, de traços fortes, cabelos longos e olhar sedutor. Ambos se instalaram ali mais cedo, de maneira estratégica, e o sentimento de todos era de que os ciganos queriam se aproveitar do movimento do parque para conseguir dinheiro fácil e não eram bem-vistos pelos demais. Ninguém passava pela cortina sem antes acertar a entrada com o cigano, que contava duas vezes a quantia do ingresso: não há verdade que se revele sem justo preço pago. Parecia se tratar de mãe e filho, mas não havia como ter certeza. Acima das cortinas da entrada havia o desenho de uma cigana com uma faixa amarrada na cabeça com uma esmeralda incrustada no centro, anéis de ouro adornando as mãos e uma aura de mistério em seu olhar. Logo abaixo lia-se: Madame Gris – TUDO SABE, TUDO VÊ E TUDO CONTA, com luzes coloridas e algumas lâmpadas queimadas. Havia buracos em alguns pontos da lona, mas nada que fizesse com que a atração fosse observada pelos mais espertos sem pagar o ingresso. Um pouco mais à frente da tenda estava a cabine dos ingressos onde ficava o cigano, com uma placa corroída pelo tempo que dizia: *Todos estão convidados ao santuário da Madame Gris – que tudo sabe, tudo vê e tudo conta. A última cigana hieromante viva que tem a visão interior! Não há o que temer, pois Madame Gris não esconde nada e está aguardando para demonstração de poder e predição para aqueles que têm coragem de perguntar. O ingresso custa dez dólares e nenhum centavo a menos.*

Alice estava com o seu marido, o prefeito, passeando pelo parque e foi comprar pipoca para ter o que fazer na fila de espera para assistir ao espetáculo da Mulher Esqueleto da Etiópia, enquanto o seu marido já aguardava junto com o próximo grupo que adentraria a tenda em trinta minutos. Enquanto aguardava a pipoca, olhava distraidamente o restante do parque. Era tanta coisa para ver em pouco tempo! O parque estava em sua última noite na cidade e ela soube que algumas atrações ficariam sem serem visitadas quando conferiu o horário e viu que já passava das nove horas. Todas as outras atrações ainda estavam com filas grandes, mas notou que ao fundo do parque havia uma área com uma tenda sem nenhuma movimentação. Curiosa com o motivo de um parque tão cheio ter uma atração sem visitantes, pegou a pipoca e foi sem demora descobrir o que era. Caminhou apressadamente e, no trajeto, percebeu um jovem em farrapos que carregava um galão e tinha um cheiro horrível. Não conseguia entender como os funcionários do parque não tinham o colocado para fora ainda, já que estava incomodando o público pedindo dinheiro e comida. A mulher desviou para não ser abordada e continuou seu caminho. Logo chegou à tenda de Madame Gris.

Não havia viva alma por perto e parecia que todo o parque tinha ficado para trás. O silêncio era sepulcral: não havia música, risos, empolgação, nada. Parecia que o tempo estava em animação suspensa e o ar estava pesado. Ela ficou alguns minutos sentindo as vibrações estranhas que emanavam da tenda e só foi despertada do seu estado letárgico quando seus olhos repousaram no cigano que sorria de maneira sedutora e convidativa na cabine dos ingressos. Foi então em direção à cabine, leu a placa da tenda e ficou tentada a entrar. Será que Madame Gris trazia as respostas que procurava? Sempre fora muito cética em relação a videntes e profecias, mas ao mesmo tempo tinha tantas coisas das quais já suspeitava havia algum tempo sobre seu marido e seu casamento que cedeu ao benefício da dúvida. Tirou algumas moedas da bolsa para pagar o ingresso quando percebeu que não tinha trocados para pagar o valor cheio: havia gastado todas as moedas com a pipoca. Vasculhou a bolsa com cuidado e encontrou uma nota de cinquenta dólares. O cigano, que até então estava impaciente ao vê-la contar moedas como uma pobre coitada, assobiou obscenamente quando viu a nota de cinquenta dólares. Conferiu duas vezes se a nota era verdadeira na luz do candeeiro da cabine e devolveu o troco tocando levemente as mãos de Alice, que jamais tinha sentido tamanha maciez nas mãos de um homem. Caminhou vacilante para a tenda guiada pelo cigano: não pretendia demorar, mas não viu problema algum em aproveitar uma atração vazia e, de quebra, riscar uma tenda da lista e obter algumas respostas.

Ao parar em frente à tenda, já sentiu um cheiro forte de incenso e percebeu uma luz fraca no interior. Era um cheiro acre que parecia desprender de várias ervas, mas só conseguia identificar o cheiro da sálvia e do palo santo. Entrou timidamente na tenda, que por dentro parecia ser muito menor que por fora, e o cheiro ficou mais forte. Demorou um tempo para que seus olhos se acostumassem à penumbra e, após alguns instantes, conseguiu observar melhor o interior da tenda. Havia piras queimando ervas por todos os lados, enquanto um lampião estava aceso ao fundo. Gaiolas e aquários com vários tipos de animais estavam empilhados em um canto: pombos, coelhos, galinhas, corvos, abutres, cobras, peixes e até raposas. Pendendo do telhado havia vários bonecos de palha na cor vermelha que pareciam estar úmidos, inclusive alguns ainda estavam recém-pintados e gotejavam na cabeça do urso que era o tapete. Sentiu o coração na garganta, mas continuou avançando para dentro da tenda. Deu alguns passos e viu uma mesa feita com um tronco de árvore enegrecido e diversos artefatos que julgou que eram utilizados em rituais divinatórios: punhais, cartas, penas de animais, pilões, bonecos de palha ainda pela metade, incensos e símbolos desenhados com carvão que haviam sido deixados de lado. Atrás da mesa, iluminada pela luz tremeluzente do lampião, via-se Madame Gris sentada de perfil. Estava sentada em uma cadeira majestosa, feita de raízes trançadas e revestida com folhas secas de mamona, pintando um boneco.

Ao notar que não estava mais sozinha dentro da tenda, disse:

— Alice, você veio em busca de respostas e respostas lhe darei, nem mais nem menos. Saberá o que quer ouvir, mas o preço a ser pago é infinitamente maior do que os dez dólares que você deixou na bilheteria. Toda verdade oculta precisa ver a luz do dia, mas esteja preparada para o preço da vaidade. O Noturno da Alma há de ser libertado.

Com isso, Madame Gris levantou e Alice pôde perceber o quanto ela era velha, e sua pele castigada pelo tempo. Seus cabelos eram longos, ondulados e grisalhos como um dia de tempo triste, mas havia algo mais, algo estranho, algo que ela demorou a notar, além de ser chamada pelo nome sem ter se apresentado: Madame Gris tinha olhos verdes cristalinos, mas suas írises eram brancas da cor do leite. Sim, ela era cega, mas não precisava de olhos porque a verdade estava em suas mãos. Alice ficou impressionada e pensou em sair correndo dali, mas Madame Gris se levantou, jogou o boneco de lado, antecipando-se, e disse:

— Sente-se. Vamos começar. Vê esses animais? Escolha aquele com o qual você mais se identifica.

Ainda sem entender o que estava acontecendo, escolheu um coelhinho branco, que estava em sua gaiola empertigado e roendo uma cenoura. Madame Gris foi até o coelho em passos lentos e o retirou da gaiola pelas orelhas, o levou até a mesa junto com uma das piras e disparou:

— Ótimo. Fertilidade e recomeço. Recomeços podem ser dolorosos. Qual é a sua busca? Qual verdade não dita te incomoda? O lado negro da alma vai ser revelado sem demora.

Alice ficou incomodada e procurou as palavras. A princípio ficou envergonhada, mas logo conseguiu contar sua história para Madame Gris:

— Não tenho ninguém nessa cidade além de meu marido. Todos os meus familiares já morreram. Estamos casados há dez anos e não tenho filhos. Meu relacionamento já não é mais o mesmo e meu marido me deixa muito tempo sozinha, o que me leva a acreditar que há algo que eu não saiba e temo que seja algo sério. Quando questiono sobre o motivo da ausência prolongada, sou tratada com descaso, frieza e sempre escuto que a prefeitura e cidade precisam dele. Preciso saber se meu marido tem outra mulher.

Madame Gris, com sorriso de escárnio, rebateu:

— Ah, sempre o amor, sempre os homens, sempre a traição. Agora entendo o porquê do coelho. Veremos o que acontece com o seu marido.

Madame Gris esticou o coelho na mesa, entoou um canto em uma língua estranha e então o colocou sob a fumaça da pira, defumando o coelho enquanto seu canto ficava mais acelerado e incompreensível. Após finalizar essa primeira etapa do ritual, amarrou o coelho na mesa pelas quatro patas de barriga para cima e pegou o punhal mais afiado que havia por ali. O objeto também foi limpo de energias internas e entregue na mão da consulente que, trêmula de medo, não sabia o que iria acontecer dali para frente. Madame Gris então foi para trás de Alice, colocou suas mãos sob as dela e ajeitou o punhal, acertando repentinamente o coelho. A mulher suava frio e teve vertigens que a deixaram à beira de um desmaio. Quanto mais tentava fugir, mais Madame Gris segurava com força:

— Agora não adianta fugir. Você pediu as suas respostas, agora vai tê-las. Me parece que você já começou a não gostar do que vai ver e ouvir.

Com a agilidade e serenidade de quem faz disso um ofício, suavemente as mãos de Alice, guiadas pelas de Madame Gris, rasgaram o ventre do coelho de fora a fora. Assim finalizou-se a segunda parte do ritual, com o sangue do coelho tingindo o pelo branco e macio de rubro negro.

— Você escolheu o animal. Você quer respostas. O ritual precisava da sua energia e do seu medo. Você não faria isso sozinha, e eu não tenho tempo a perder. Assim como a punhalada é a verdade: vem sem aviso e não há tempo de pensar. Nada é premeditado quando observamos o lado escuro da alma. Talvez agora você sinta a mesma punhalada, ou não.

Madame Gris enfiou as duas mãos dentro do coelho e começou a remexer a entranhas. Após alguns momentos remexendo os órgãos veio a iluminação e o entendimento. Os órgãos que tinham uma história para contar começaram a ser retirados de dentro do pobre animal. Alice vomitou na cabeça do tapete de urso e sua cabeça girava. Queria gritar, queria correr, mas agora não ia desistir. Sentia que, após tudo isso, nada que fosse dito abalaria o seu mundo e as suas crenças. Então Madame Gris começou sua profecia:

— Você está certa. Há algo com o seu marido. Há tempos ele não é mais quem você conhece. Não preciso dos meus olhos para ver isso. Veja você mesma o coração desse coelho: negro e anormal. Tal qual é o coração do seu marido. O que ele esconde de você é algo que precisa se manter escondido a todo custo. Veja o estômago, estourado. Isso quer dizer que a verdade está próxima, Alice. Não apenas você saberá, todos saberão. E as tripas? Completamente enroscadas. Esse segredo vindo à tona, vai acarretar morte, loucura e sofrimento. Haverá recomeço, mas não haverá recomeço da forma como você conhece ou deseja. A morte também pode ser um recomeço por ser o encerramento de um ciclo. Seu marido tem uma casa no centro da cidade onde mantém jovens em cativeiro para prazeres sexuais perversos. Quando digo jovens, me refiro a meninos e meninas. Eles são mantidos no porão e não veem a luz do dia há muito tempo. São os jovens que estão desparecidos nesta cidade há alguns anos. As jovens que são engravidadas pelo seu marido têm os filhos arrancados de seus seios e entregues ao orfanato da cidade, sem nenhuma misericórdia, e o único rapaz é usado sem piedade quando seu marido se cansa do que somente as meninas têm a oferecer. Você acha que não tem família, mas mal sabe que a sua família é maior do que você pensa. Grande parte das crianças do orfanato são filhos do seu marido. Fogo. Fogo é o elemento que vai resolver tudo isso. O fogo vai acabar com o sofrimento de todos, menos o seu. O fogo vai consumir esse legado. Isso é o que o sangue está me dizendo. Esteja avisada.

Madame Gris então iniciou a última parte do seu ritual: pegou um boneco de palha que estava próximo, encheu com as entranhas do coelho e banhou no sangue ainda quente que estava dentro da carcaça. Calmamente passou o boneco nas fumaças da pira e pendurou junto com os demais no teto da tenda. Alice via o sangue do coelho pingar quando se levantou.

— Agora vá. Não tenho mais nada a dizer.

Com um turbilhão de emoções, ela deixou a tenda horrorizada e foi em busca de seu marido. Essa situação não poderia ser verdade e não poderia seguir em frente sem o confronto em busca da verdade, então correu e procurou em todas as atrações. Não tinha certeza de que a atração da Mulher Esqueleto já havia iniciado. Quando já estava cansada e desesperada, ela o viu entrando na tenda do Cuspidor de Fogo Chinês, junto com a excursão do orfanato. Imediatamente deu um jeito de entrar na tenda: foi até a bilheteria, comprou um ingresso e explicou que seu marido estava guardando o lugar enquanto ia ao banheiro. Com isso, pôde entrar logo antes de a porta se fechar. Sentou-se ao fundo da tenda, onde conseguia observar a dinâmica de seu marido com as crianças. Ele estava sentado em meio a elas e parecia bastante carinhoso e feliz. Ela não soube lidar com aquele momento e tinha sentimentos mistos: ternura pelo relacionamento com crianças, já que qualquer uma delas poderia ser o filho que o destino sempre lhe negou, e raiva por saber como elas, crianças, tinham vindo ao mundo. Era por esse motivo então que ele tinha sempre como prioridade as melhorias do orfanato e o alto orçamento voltado para a instituição? Isso não podia ser possível.

Quando o espetáculo começou, o fogo podia ser visto vivamente da última fileira. Labaredas altas se elevavam pelo palco e os que estavam nas fileiras da frente sentiam o calor a cada vez que uma nova língua de fogo lambia o ar, exatamente onde estavam as crianças e seu desconhecido pai.

Foi nesse momento que ela o viu. O pedinte observava atentamente o Sr. Prefeito, seu marido e a língua de fogo. Ele estava no alto da tenda, com o galão. Assim que a próxima onda de fogo saiu da boca do Cuspidor de Fogo, o pedinte jogou o líquido do galão diretamente nas pessoas que estavam embaixo. O que aconteceu a seguir foi o Cuspidor de Fogo incinerando acidentalmente as pessoas e a crianças que estavam na primeira fila. Tudo aconteceu muito rápido. Alice foi a primeira a sair da tenda e ouvia lá de fora os gritos de agonia das pessoas em chamas. As pessoas que estavam ao fundo conseguiram escapar com vida, já as que estavam na frente não tiveram a mesma sorte. Foram queimadas vivas e não tiveram a oportunidade de socorro. Já as do meio morreram pisoteados ao tentar sair da tenda. O cheiro era muito parecido com o cheiro acre da tenda de Madame Gris.

Aquela noite de Halloween rendeu assunto na cidade por semanas: além das muitas mortes estranhas, terminou com o trágico incêndio. Logo pela manhã os jornais já tinham a cobertura completa do acontecimento e o parque já havia desaparecido. A manchete era a seguinte: PREFEITO DA CIDADE MANTÉM HARÉM COM ADOLESCENTES DADOS COMO DESAPARECIDOS.

A notícia trazia uma foto do prefeito no orfanato com as crianças — algumas inclusive em seu colo — e narrava como um jovem escapou do cativeiro sexual em que fora confinado em busca de vingança contra seu abusador, jogando gasolina enquanto assistia à apresentação do engolidor de fogo no parque itinerante que visitava a cidade. O prefeito morreu carbonizado no local junto com um grupo de quinze crianças e mais dez pessoas que foram pisoteadas no desespero para escapar da tenda. Mais tarde, descobriu-se uma casa no centro da cidade onde o prefeito mantinha jovens em cárcere privado e que as crianças nascidas dessas relações eram enviadas ao orfanato. O jovem que premeditou o crime foi o único que conseguiu escapar da casa em que a prática hedionda acontecia e fez o acerto de contas. A polícia encontrou o local com várias jovens grávidas e em estado avançado de desnutrição. A esposa do prefeito não foi encontrada quando procurada para dar explicações.

EPÍLOGO

J.C.GRAY

Aqueles que tentassem encontrar novamente a tenda, nada encontrariam.

Madame Gris não aceitava reclamações. Madame Gris apenas revelava o que de pior se esconde na sua própria alma.

Mas, até o fim da noite, a tenda permaneceu ali para novos clientes.

Após receber a última cliente, Madame Gris deixou sua tenda. Grayson estava sentado contabilizando quanto haviam faturado naquela noite.

Noturno estava bem alimentado e, por algum tempo, seu grupo também.

Grayson se levantou quando viu a mãe, mas percebeu que seu olhar cego estava longe. Ao desviar o olhar para o mesmo local, a gritaria começou. Pessoas corriam desesperadas passando umas por cima das outras quando a língua de fogo tomou a tenda de apresentações. Madame Gris nunca mentia. E estava certa de novo. Agradeceu por seu filho e as outras crianças já terem retornado ao acampamento.

Agora tinha apenas até o amanhecer, e desapareceria por mais dez anos. Então, quando chegasse a hora, Grayson tomaria seu lugar. Não sabia ao certo que tipo de ilusão ele usaria ou de que forma ele atrairia alimento para o Noturno, mas ele tinha o dom do encanto. Sabia que ele se sairia bem quando fosse a hora. Por enquanto, só queria aproveitar o pouco tempo que lhe restava com seu filho.

Chamou-o para dentro da tenda, onde conversaram até o amanhecer. Quando ele se levantou, Daiena tocou seu rosto, querendo enxergar o homem que seu filho havia se tornado.

— Meu menininho cresceu tanto... — Ela sentiu o sorriso que estampava o rosto dele. — Estou orgulhosa de você. Continue cuidando de nossa família, que continuarei cuidando de Noturno.

Grayson ainda tinha tanto a contar, a falar, mas o medalhão era implacável. Em uma fração de segundo tudo havia desaparecido. No chão restava apenas o medalhão e, à sua volta, o estrago que o fogo havia deixado.

O rosto rechonchudo daquela lua sorria para ele em prata reluzente.

A fome de Noturno estava controlada por mais 120 luas. E, então... então veria sua mãe de novo.

Este livro foi composto por letra em Mercury Text
10,5/15,0 e impresso em papel Pólen Soft 80g/m².